A vida é uma aventura

RL
Produções literárias

Prefácio

Os contos representam situações cotidianas que poderiam acontecer com qualquer um, ou não. Quem sabe?

Índice

Casa Nova

— Já pegou todas as suas caixas? — perguntou uma voz feminina.

— Ainda não! — respondeu rudemente uma voz masculina. — Estou fazendo o meu melhor, mas para você, parece que nada é suficiente! — completou irritado.

— Pelo amor de Deus, Caio! — respondeu irritada. — Parece que estou conversando com um cavalo.

— Tereza, parece que estou conversando com uma pessoa cega. Olha o tanto de caixas que tem! E você vem me perguntar se já peguei tudo?

Tereza deu de ombros e entrou na casa novamente. Caio estava colocando as caixas da mudança em um caminhão baú. Várias delas já haviam sido colocadas ali, mas ainda faltavam muitas.

No quarto do casal, Tereza observava tudo, a cama box e sua cabeceira acolchoada. Ela sorriu e se lembrou de que aquela cabeceira foi usada em muitos momentos de sexo do casal. E na outra ponta da cama havia um puff baú estofado; e ali também haviam muitas lembranças prazerosas.

Sentou-se no puff e começou a refletir sobre o que aconteceu na vida do casal para chegar àquela situação, parecia impossível ter uma conversa civilizada, uma conversa sem agressões e xingamentos.

O casal havia se mudado para aquela casa há alguns anos. Ambos estavam muito empolgados na primeira visita à casa.

— Meu amor — disse ela. — Essa casa é incrível! — Tereza estava muito empolgada.

Caio sorriu.

— Comparada àquela caixinha de fósforos em que vivemos, isso aqui é praticamente uma mansão.

Foram para o quarto. Tereza se olhou no grande espelho do guarda-roupa e disse com empolgação:

— Agora vou poder me ver por inteira. Vou saber como estou antes de sair de casa.

— Você ama espelhos.

— Olha isso! — disse admirada. — Tem uma suíte.

— Essa suíte deve ser maior que o banheiro da nossa casa.

— O teto é rebaixado e as paredes são tão lisas — disse

passando a mão em uma das paredes.

— A outra casa também tem teto rebaixado. — Caio sorriu. — O teto é mais baixo que este.

— Sem comentários. — Sacudiu a cabeça negativamente.

O casal olhou todos os cômodos da casa de dois andares. No andar de cima ficavam os quartos e um banheiro. E no andar de baixo: sala, cozinha, copa e banheiro. Todos os cômodos eram grandes e bem iluminados.

— Essa casa é perfeita para nós! — disse ela com empolgação. — Vamos ter mais espaço, privacidade e conforto.

— E um aluguel mais caro.

— Deixa de ser mão-de-vaca! Nós dois estamos trabalhando e ganhando bem. Não vamos ficar miseráveis se pagarmos esse valor de aluguel. E eu já não aguento mais morar naquela casinha. Banheiro fora de casa, sem nenhuma privacidade. Vizinhos que ficam perturbando o tempo todo. A senhoria que fica o dia inteiro arrastando móveis e fazendo barulho. Chega!

— Também estou cansado de tudo isso. E ela praticamente nos expulsou de lá.

— Tenho vontade de jogar uma bomba na casa daquela bruaca! — disse nervosa. — Não deu nem um mês para deixarmos a casa.

— Ela quer fazer uma obra e não quer saber se vai nos prejudicar.

— Todo mundo é assim, meu amor — respondeu Tereza. — Cada um só pensa no seu benefício. E tenho certeza de que ela iria aumentar o aluguel depois da obra.

— Ela sempre aumenta sem motivo, imagina agora com uma obra inútil — disse ele ironicamente.

— Vamos sair de lá o mais rápido possível e seguir nossa vida.

Ela o abraçou e eles se beijaram intensamente.

— Quando nos mudarmos, vamos estrear todos os cômodos — disse ele com ar sedutor enquanto passava a mão no bumbum de Tereza.

Ela o abraçou apertado e disse:

— Concordo.

Eles haviam gostado muito da casa, pois era o oposto do que tinham atualmente. Eles não estavam só mudando de casa, estavam dando um passo importante em suas vidas.

Após a mudança, várias partes da casa ficaram vazias. O casal não tinha mobília suficiente para todos os cômodos. A casa anterior tinha apenas três e a nova, sete cômodos.

Assim como haviam dito, o casal "estreou" todos os cômodos. Utilizando um colchão inflável, fizeram sexo em todos os cômodos da casa, inclusive na garagem. Esta era coberta e fechada, sem risco de serem vistos pelos vizinhos. Até o sexo parecia melhor naquela nova casa.

Os meses passaram e o casal mobiliou todos os cômodos. A casa estava muito aconchegante, tudo parecia se encaixar perfeitamente.

Certo dia, Caio chegou do trabalho e ao entrar notou que Tereza falava com alguém, não como se fala com um adulto, era uma voz mansa, doce e suave. Parecia que falava com um bebê. Caio pensou:

"Quem está aqui com um bebê?"

Ele seguiu a voz e foi à parte posterior da casa, uma área coberta com tanque e máquina de lavar. Teresa estava sentada no chão segurando um cobertor em seus braços. Caio chegou por trás.

— Amor? — disse surpreso. — Tá fazendo o quê?

— Estou cuidando deste neném — respondeu com voz melosa e mostrou um filhote de cachorro no cobertor. — Vi essa coisinha linda andando na rua e não resisti.

Aquilo foi um pouco estranho para ele, mas estava tudo bem. Eles já haviam conversado sobre ter um animal de estimação em algum momento. Tereza apenas acelerou o processo.

Caio se abaixou e acariciou o cãozinho. Ele era preto com pelo curto; estava muito magro e fraco.

— As pessoas são capazes de fazer tudo — disse Caio um pouco irritado. — Quem tem coragem de jogar fora uma criaturinha indefesa como essa?

— Pessoas sem coração. Mas para equilibrar as coisas, há pessoas como nós, com bom coração.

—Já pensou em algum nome?

— Claro! — disse empolgada. — Pensei em colocar o nome de alguma pessoa famosa.

Caio riu.

— Pessoa famosa? Que coisa mais brega!

— Não é brega, é chique.

— Daqui a pouco você também vai dizer que o nome precisa ter ípsilon, dábliu e cá.

— Seria algo bem moderno. — Ela sorriu.

Começaram a conversar sobre os possíveis nomes para o cão. Estavam como um casal discutindo o nome de um filho.

Ele continuava carregando caixas para o caminhão; foi para o segundo andar e viu muitas caixas em um dos quartos. Tereza estava colocando-as mais perto da porta.

— Por mim, eu deixava tudo aqui! — disse ele nervosamente.

— Vai deixar o seu lixo na casa dos outros? — respondeu nervosa. — Quando saímos de uma casa alugada devemos levar o que é nosso.

— Como me arrependo de ter concordado em comprar tudo isso! Um monte de tranqueira inútil e sem sentido.

— Eu queria que a casa ficasse mais bonita.

— Você queria que a casa ficasse igual às casas que via na

Internet. Era só isso que sabia fazer! Ficava o tempo todo no celular! — disse irritado.

— Quer falar de ficar o tempo todo no celular? Pelo menos eu procurava algo para o nosso lar. Você, hum... - Sacudiu a cabeça em sinal negativo. — Ficava olhando os rabos das mulheres da equipe. Até que um dia, não aguentou só olhar, e foi lá e provou.

Caio estava com uma caixa nas mãos e jogou-a no chão com toda a força. Houve o barulho de algo se quebrando.

— É assim que está nossa vida — disse Tereza. — Toda quebrada.

Ele foi para outra parte da casa.

O casal sempre foi muito amoroso e apaixonado durante a maioria dos anos que estiveram juntos. Ambos estavam certos de que haviam encontrado o amor de suas vidas. Eles sempre se tratavam com amabilidade e se importavam muito um com o outro. Havia respeito mútuo entre o casal, e ambos evitavam manter qualquer relacionamento muito próximo com pessoas do sexo oposto. Eles se amavam, mas sabiam que não podiam dar nenhum espaço para a tentação.

Caio estava envolvido em um grande projeto em seu trabalho e constantemente trabalhava além das horas normais. Ele ficava com sua equipe até três horas após o término do expediente. E esta equipe era formada por várias mulheres, todas elas muito bonitas, atraentes e simpáticas, mas nenhuma se comparava a Tereza. Ela era uma mulher jovem, atraente e muito bonita.

Devido à complexidade do projeto, a equipe mantinha contato fora do horário de trabalho, utilizando os telefones pessoais. E alguns deles se conectaram nas redes sociais. Caio acessava os perfis de suas colegas e via fotos de seus momentos de descontração. Algumas compartilhavam fotos em clubes e praias, e Caio admirava seus corpos. Com o passar do tempo, essa admiração se converteu em desejo. Ele as olhava no trabalho e pensava como seria se estivessem de biquíni ou nuas. Além disso, ele se aproximou delas, sendo mais amistoso e buscando ser admirado.

As investidas de Caio funcionaram e ele manteve um contato mais íntimo com suas colegas. Eles saiam para comemorar o avanço do projeto e Caio se comportava como um homem solteiro. Ele nem mesmo avisava a sua esposa que já havia saído do trabalho. Tereza acreditava que ele ainda estava trabalhando.

O projeto foi finalizado e houve uma confraternização com a equipe de Caio. Desta vez, ele avisou Tereza onde iria e o que faria. Ela concordou, pois sabia da importância daquele projeto e confiava em seu marido.

Todos foram para um bar e se divertiram. Havia um espaço para dançar, elas começaram e puxaram Caio para o meio delas. Todos dançaram sensualmente, tocando uns nos outros.

Caio e uma colega ficaram mais próximos, dançando abraçados. A certa altura, eles se olharam nos olhos e se beijaram. Ele sabia que aquilo era errado, mas prosseguiu. A mulher o convidou para sua casa e ele aceitou.

Tereza ficou preocupada com a demora de Caio. Ela enviou mensagens e ligou, mas não houve resposta. Enquanto ela estava aflita com o sumiço do marido, ele estava desfrutando o prazer no corpo de outra mulher. Tereza havia sido a única mulher com quem Caio havia transado.

Ela se lembrou de uma forma de localizar seu marido. Por questões de segurança, ambos haviam ativado o compartilhamento de localização do celular, dessa forma, eles poderiam ser encontrados em caso de perda ou roubo. Ela buscou sua localização e viu que estava em outro bairro residencial. Tereza foi de carro até lá.

Ela tocou a campainha e uma mulher lhe atendeu.

— Você encontrou algum celular? — perguntou Tereza inocentemente.

— Não. Quem é você? E que celular é esse?

— Me chamo Tereza, estou procurando o celular do meu marido.

— Caio?

— Sim. Você o conhece?

— Pensei que conhecesse aquele desgraçado! — disse com raiva. — Ele não disse que era casado.

Ela sabia o que essas palavras significavam. Caio havia cometido o pior pecado que qualquer ser humano poderia cometer: a traição conjugal. Ela ficou muito impactada com aquilo e começou a chorar. Em um gesto estranho, a mulher a abraçou para consolá-la.

Após se recuperar do choque, Tereza disse:

— Você pode me fazer um favor?

— Claro!

— Aja naturalmente e diga a ele que o que aconteceu essa noite não deve se repetir.

— Tudo bem. E você? O que vai fazer?

— Tenho meus planos — disse com ar misterioso.

Ela voltou para casa e ele chegou algumas horas depois.

Nos dias seguintes, ela agiu naturalmente. Ela se mantinha firme, apesar de sua raiva e desprezo. Evitava conversas e sempre fugia do sexo. Ela sentia nojo de seu marido. Pensar que ele havia beijado e tocado outra mulher, já lhe causava profunda repulsa.

"Como ele pode ser tão cínico?" — pensava Tereza. "Ele se esqueceu de mim como uma criança se esquece de seu brinquedo antigo e procura outro novo. E depois volta ao seu brinquedo de sempre."

Certo dia, Tereza preparou um jantar excepcional para Caio.

Ela fez todos os seus pratos favoritos. Assim que chegou, ele estranhou aquilo e pensou:

"Será que esqueci alguma data importante?"

Tereza o abraçou e disse gentilmente:

— Meu amor, faz tanto tempo que não fazemos nada especial. Decidi fazer uma coisa diferente hoje.

Tentou beijá-la, mas Tereza deu-lhe somente um selinho.

— Muito obrigado, meu amor. Você é a melhor mulher do mundo! Te amo muito.

"Mentiroso! Você não pensou na sua mulher quando estava enfiando o seu..." — pensou Tereza.

— Também te amo. — A pronúncia dessas palavras foi como engolir cacos de vidro. — Aproveite seu jantar.

— Não vai comer?

— Daqui a pouco, vou tomar banho. Estou cansada.

— Tudo bem.

Tereza foi para o banheiro e Caio se fartou naquele jantar. Ele comeu como fazia tempo que não comia.

Ela terminou seu banho e foi até a copa. Caio já havia

terminado de comer.

— Meu amor — disse ela. — Vai lá fora e dá uma olhada no padrão de energia. O chuveiro estava fraco.

— Tudo bem.

Caio saiu da casa e foi até o padrão que ficava no muro que separava a casa da rua. Ela observava Caio da janela da sala. Ele sentiu um desconforto abdominal, como uma dor de barriga.

— Preciso ir ao banheiro — disse.

Ele tentou abrir a porta, mas estava trancada.

— Amor! — gritou. — Abre aqui, por favor.

Tereza foi até a janela da sala, esta e todas as outras possuíam grades.

— O que foi meu amor?

Ele passou as mãos na barriga e disse:

— Preciso ir ao banheiro urgente! Acho que comi demais.

— Comeu de mais? — perguntou ironicamente.

— Sim! — Estava ficando aflito. — Abre logo!

Tereza sorriu.

— Semana passada, você também comeu demais?

— Não entendi.

— Acho que você comeu em outra casa na semana passada. Não se lembra?

A barriga de Caio emitia sons cada vez mais altos. E ele começou a sentir cólicas.

— Não sei! — respondeu com dificuldade.

— Você sabe! — disse firmemente. — Aquele dia que você saiu para comemorar a finalização do projeto. Você se empolgou e comemorou além do que deveria.

As cólicas pioraram e Caio sentia que não iria aguentar mais tempo.

— Abre logo essa porta! Vou cagar nas calças! — disse desesperado.

Tereza sorriu.

— Não! Isso é para você aprender a nunca mais me trair. Se eu sonhar que você me traiu de novo, da próxima vez será veneno em sua comida. Cuidado com o que come.

Ela fechou a janela e Caio ficou implorando para que abrisse. Deitou-se no chão contorcendo-se com a dor. Ele defecou nas roupas. O fedor das fezes era insuportável.

Tereza abriu uma fresta na janela e disse:

— Use a mangueira e o sabão que estão nos fundos para limpar essa merda. Pelo menos essa mancha, você pode remover, ao contrário da mancha em nosso casamento.

Fechou a janela. Caio se arrastou até a parte de trás da casa, ele deixou um rastro de fezes por onde passou. Ele lavou tudo com muita dificuldade, ele tinha ânsia de vômitos e até vomitou durante a limpeza. Tereza via aquela cena e sentia um prazer resignado, triste por saber que seu marido a traiu, mas feliz por saber que estava vivendo um dos piores dias de sua vida.

Caio foi para porta e havia uma toalha pendurada na grade da janela.

— Tereza, tá de sacanagem?

— Sacanagem é o que você fez — respondeu à distância.

— Você quer que eu tome banho nessa água gelada? E aqui fora? Alguém pode me ver.

— Outra pessoa te viu pelado e não teve problema, não é? — respondeu com ironia.

— Não vou fazer isso! — disse sério.

— Ou faz, ou não entra.

Caio estava furioso, mas não teve que obedecê-la. Ele se lavou tremendo de frio.

Tereza permitiu sua entrada na casa e o sofá da sala seria sua cama.

Durante várias semanas, o casal se tratou de forma ríspida. Não havia diálogo, eles conversavam apenas o essencial. Caio havia ficado muito irritado pelos acontecimentos no dia do jantar, mas compreendia o que sua mulher havia feito. De certa forma, ele não estava zangado com ela, estava zangado consigo mesmo. Ele refletiu sobre o que havia feito e concluiu que não havia nenhum sentido naquela traição. Sua mulher era amorosa e dedicada. Era muito atraente e o sexo era constante e muito intenso. Mas no final das contas, nada daquilo fez diferença, ele se permitiu ser seduzido por outra mulher e isso criou uma ruptura em seu casamento.

Caio foi para outro cômodo da casa e foi até uma caixa que ainda estava aberta. A primeira coisa que viu foi uma foto do casal. Eles estavam brindando com muita felicidade. Ele se lembrou daquele dia.

Dois meses após sua traição, pouca coisa havia mudado. A comunicação ainda era restrita, mas era mais amigável. Eles conseguiam conversar sobre alguns assuntos, mas não havia contato amoroso.

Em sua empresa, Caio foi reconhecido pelo sucesso do projeto anterior e foi promovido. Entre os benefícios da promoção, ele recebeu alguns dias de folga. No primeiro dia em casa, decidiu tomar uma atitude em relação ao seu casamento. Ele comprou muitas flores, balões de coração e fez um grande cartaz escrito: "Tereza, me perdoe. Eu te amo muito. Sei que fui um idiota infiel."

Arrumou todas as coisas em sua casa e esperou por ela. Quando chegou, se surpreendeu com tudo aquilo. Ela não esperava que ele fosse fazer algo do tipo. Caio não havia feito nada durante todo esse tempo.

— Agora você quer perdão? — disse com certa irritação.

— Tereza, quer dizer, meu amor — disse calmamente. — Por favor, me escute.

Sentaram-se no sofá da sala.

— Sou uma pessoa terrível, eu te traí e você sabe. Quebrei o juramento que fiz no dia do nosso casamento. Quebrei a promessa que te fiz. Nada do que eu disser vai mudar o passado. O que fiz está feito. A única coisa que posso dizer é me perdoe. Nunca mais te trairei. Sei que isso é muito clichê, pois todo mundo diz isso. Mas é a verdade. Antes de transar com aquela mulher, pensei que me sentiria melhor, me sentiria mais homem. Mas no fim, me sinto muito menos homem do que antes. Foram alguns minutos de prazer que quase destruíram uma vida de amor. Não havia pedido perdão antes, porque estava zangado e irado comigo mesmo. Eu pensava: como pude deixar essa mulher maravilhosa e procurar outra que não é nem metade do que ela é?

Ela foi tocada por suas palavras, mas ainda estava ressentida.

— E por que não fez nada durante todo esse tempo?

— Sempre pensava que você iria pedir o divórcio a qualquer momento. Na verdade, eu achava que isso seria o correto. Você não tinha nenhum motivo para continuar comigo. Mas até agora, continuou. Percebi que deveria fazer algo para mudar nossa situação. Hoje, faço um novo compromisso com você, se aceitar. Serei um novo homem, um novo marido.

Tereza sentiu sinceridade em Caio. Ela pegou suas mãos e disse:

— Meu amor, eu te amo. E quero acreditar em você. Por favor, não me decepcione.

— Juro por Deus que não vou te decepcionar.

Abraçaram-se e beijaram-se intensamente.

— Não vou comer nada que você tenha cozinhado — disse Tereza sorrindo.

Ele sorriu.

— Não vamos comer aqui. Fiz uma reserva em um restaurante.

— Vou me arrumar.

Ela se levantou e Caio puxou-a pelo braço, fazendo com que sentasse em seu colo.

— Vou te ajudar a tirar sua roupa — disse sedutoramente.

Tereza sorriu.

— Estava ansiosa por esse momento.

Arrancaram as roupas e transaram no sofá. Depois de tanto tempo, se sentiram casados novamente.

Foram ao restaurante e celebraram o recomeço. Dali em diante, o casal voltou a ter um ótimo relacionamento.

Os anos passaram e tudo corria bem. Eles tinham uma boa relação com o senhorio da casa. Ele sempre estava à disposição para ajudá-los e fazer os reparos necessários na casa. Até os reajustes nos valores do aluguel ficavam abaixo do valor estipulado em contrato. O senhorio queria preservá-los como inquilinos.

Tereza dedicou-se à sua carreira e após alcançar um alto cargo em sua companhia, decidiu que deveria empreender. Iniciou um negócio de venda de acessórios femininos. Seu empreendimento cresceu vertiginosamente. Ela conseguia lucros excelentes.

Caio havia estagnado em sua carreira. Ele não tinha interesse em subir de cargo nem considerava ajudar sua esposa. E quando os lucros dela aumentaram, ele se sentiu diminuído, pois ela tinha a renda maior do que a dele.

Devido ao seu empreendimento, Tereza estava sempre muito ocupada. Durante a semana, eram raros os dias em que ela estava em casa durante a noite. Ela estava sempre envolvida com eventos de divulgação, festas e outras atividades. A ausência incomodava Caio, mas ele também tinha sua parcela de culpa. Sua esposa sempre o convidava para participar de tudo, mas ele sempre recusava. Tereza gostaria que seu marido a apoiasse mais, mas ele não se esforçava.

A estagnação profissional de Caio gerou um efeito muito negativo: foi demitido. Tereza viu nessa demissão a oportunidade dele participar em seu empreendimento e mais uma vez Caio recusou. Ainda assim, Tereza o incentivou a estudar e a buscar outra oportunidade de trabalho.

Caio decidiu dar uma pausa antes de buscar outra oportunidade. Ele trabalhou muitos anos em ritmo acelerado e sem férias. Nos últimos anos, ele nunca teve mais que uma semana sem trabalho, e quando retornava, trabalhava duas vezes mais para recuperar os dias de folga. Sua esposa concordou com sua decisão, pois reconhecia seu cansaço.

Passaram-se um, dois, três, seis meses, e Caio continuava curtindo sua pausa. A situação incomodava Tereza, pois além de não trabalhar, Caio havia descuidado de sua aparência. Ele desistiu da academia e dos hábitos alimentares saudáveis, não se barbeava, não cortava os cabelos e sempre usava pijamas em casa. Ela vivia o oposto, seu empreendimento exigia que tivesse uma ótima apresentação. Tereza estava sempre maquiada e com roupas e sapatos elegantes. Isso somado à sua beleza formava uma mulher impressionante e poderosa. Por onde quer que andasse, ela chamava a atenção. E nas raras vezes que saía com seu marido, parecia estar acompanhada por um irmão mais velho ou algum parente. Era difícil acreditar que uma mulher tão maravilhosa era casada com um homem tão desleixado.

Tereza o amava, mas tinha dificuldades para desejá-lo. Nas raras ocasiões que transavam, ela sentia que estava com outro homem. Caio havia diminuído seu desempenho, ele se contentava somente com o básico do sexo, nunca queria fazer nada diferente ou mais intenso.

Ela já havia conversado com ele sobre isso muitas vezes e Caio sempre prometia que mudaria e voltaria a ser o que era antes, no entanto, esta mudança nunca acontecia.

Percebendo que sua vida não mudaria, Tereza se dedicou mais

ao trabalho e deixou Caio seguir com sua desmotivação. Ela tinha certeza de que fez o seu melhor para ajudá-lo, mas ele não se ajudava.

O desgaste no casamento começou a refletir na vida de Tereza, ela começou a se interessar por outro homem, alguém mais ou menos de sua idade e que também era empreendedor. No começo, era uma admiração respeitosa. Ela via nele um caso de sucesso no mundo dos negócios, via alguém dedicado e muito competente. Além disso, era bonito e com ótima apresentação. Os dois interagiam muito, pois havia relações comerciais entre seus empreendimentos.

Certo dia, Tereza estava dirigindo e pensando naquele homem. Ela não estava pensando em sua carreira, estava pensando como seria ter um relacionamento com alguém como ele. Neste momento, ela respirou fundo e disse:

— Isso é errado. Sou casada e não posso me permitir ter esse tipo de pensamento. Preciso me resolver com o meu marido.

Chegou em casa e viu Caio de pijama, deitado no sofá assistindo tevê.

— Precisamos conversar — disse séria.

Caio desligou a tevê e sentou-se desanimadamente. Tereza estava sentada de frente para ele.

— O que foi?

— O que foi? É sério que você não sabe o que é?

— Se quer falar alguma coisa, fala logo! Quero continuar deitado.

Ela fechou os olhos um instante e respirou fundo.

— Caio, não podemos continuar assim. Na verdade, você não pode continuar assim. Você desistiu de tudo, acho que até de mim.

— Para com isso! Eu nunca desistiria de você.

— Você desistiu. Você não quer trabalhar comigo nem em outro lugar. Você não se cuida como antes. E o pior, você nem quer transar. Parece que eu não existo. Você se fechou em um mundo depressivo e nada te tira de lá.

— Você precisa me entender. — Suspirou. — Estou passando por um momento difícil.

— Momento difícil só se for para mim. Você foi demitido há quase dois anos e não fez nada desde então. Desculpe o que vou dizer, mas você vive às minhas custas, estou te sustentando.

— Então é por causa do dinheiro? — disse um pouco irritado.

— Tudo sempre envolve dinheiro.

— Na verdade — disse ela, desanimada. — Não me importo com o dinheiro, me importo com o nosso casamento. E acima de tudo, me importo comigo mesma. Estou infeliz e sei que nada vai mudar. Essa não é nossa primeira conversa, mas será a última.

Tereza se levantou.

— Você não pode me abandonar! — gritou Caio.

— Você já se abandonou, só que ainda não percebeu.

Ela foi para o seu quarto, Caio queria se levantar, mas o desânimo era maior. Deitou-se novamente e continuou assistindo tevê.

No dia seguinte, a monotonia de Caio foi interrompida no meio do dia. Alguém chamou no portão. Ele atendeu e se surpreendeu, era uma encomenda de caixas de papelão.

— Quem pediu isso? — perguntou ao entregador.

— Tereza. Ela disse que você sabe o que fazer com as caixas. Outra equipe virá em alguns dias para pegar suas coisas.

Isso é uma pouca-vergonha

— Bom dia, meu nome é Milena, falo da central da Otbas fone, em que posso ajudar?

— Bom dia, Milena, me chamo Luiz. Estou com um problema no meu celular.

— Senhor, qual o problema?

— Não consigo usar a internet no meu telefone.

— O senhor já reiniciou o aparelho?

— Já reiniciei, reconfigurei, fiz todo o tipo de procedimentos e nada funcionou — disse irritado. — Essa é décima vez que ligo para a operadora.

— Aguarde um momento, por favor, estou verificando as informações.

Luiz suspirou. Ele estava nervoso com aquela situação envolvendo sua operadora de celular. Antes de ser atendido, ele esperou cerca de vinte minutos, e para piorar seu humor, a música de espera é uma repetição de uma parte da Für Elise de Beethoven, diferentemente da composição original em piano, esta versão fora elaborada somente com notas agudas, semelhantes aos toques monofônicos dos celulares do início dos anos 2000. Luiz deixou o celular no viva-voz e tentou fazer algo enquanto aguardava.

Após quase dois minutos de espera, a atendente lhe respondeu:

— Obrigado por aguardar. Estarei te transferindo para o setor técnico. Só um momento, por gentileza.

— Espere, eu já...

A ligação foi transferida e a música recomeçou. Esperou mais cinco minutos para ser atendido.

— Bom dia, sou o Bruno do suporte Otbas, com quem falo?

— Bom dia, Bruno, fala com Luiz.

— Em que posso ajudá-lo?

— Bruno, estava explicando à atendente anterior. Não consigo usar a internet no meu telefone.

— O senhor já...

— Já reiniciei — interrompeu Luiz, —já ativei e desativei o modo avião, já alterei as configurações, testei o chip em outro celular e não funcionou. Testei outro chip neste celular e funcionou perfeitamente. Já liguei não sei quantas vezes para a operadora e ninguém resolve nada. — Luiz estava irritado.

— Senhor, peço desculpas pelos transtornos. Aguarde um momento que estou analisando algumas informações.

— Tudo bem — suspirou.

— Aguarde mais um momento, por gentileza — disse após alguns minutos de espera.

Luiz já estava exausto daquela espera. Olhou seu telefone e o tempo da ligação já ultrapassava trinta minutos.

— Senhor Luiz, verifiquei em meu sistema e não consta nenhum problema com a sua linha. Vou abrir um chamado para área técnica e peço que o senhor aguarde o nosso contato em até dois dias úteis. Tudo bem?

— E eu lá tenho escolha? Vou ter que esperar — respondeu desanimado.

— Agora estarei te transferindo para avaliar o meu atendimento.

Luiz pensou:

"Ele nem me atendeu. O que vou avaliar?"

— Olá! — disse uma voz robótica com entusiasmo. —

Obrigado por ligar para a central de atendimento Otbas. Digite uma nota de um a cinco para o atendimento recebido. Sendo um totalmente insatisfeito e cinco totalmente satisfeito.

Luiz digitou um.

— Cinco, que maravilha! A Otbas agradece a sua ligação. Tenha um bom dia!

— Até que enfim! Pensei que ia ficar o dia inteiro aqui.

Luiz seguiu com suas atividades rotineiras. Ele precisava esperar o contato da operadora.

Os dois dias passaram e ele não recebeu nenhum contato e seu problema persistia. Ele ligou e enfrentou aquele calvário novamente, mais de trinta minutos até ser atendido.

— Bom dia, meu nome é José, falo da central da Otbas, em que posso ajudar?

— Bom dia, José. Foi registrado um chamado para a minha linha e já passou o prazo de atendimento. E não recebi nenhum contato.

— Um momento, por favor. Estou verificando as suas informações.

— Obrigado por aguardar — respondeu depois de alguns minutos. — Senhor, em meu sistema consta que o contato foi realizado e o senhor não atendeu. Este chamado foi encerrado.

— Não atendi? — Luiz estava exaltado. — Que horas foi esse contato? Ninguém me ligou! — disse quase gritando.

— Senhor, peço que o senhor se acalme — respondeu calmamente. — Estou transmitindo as informações que estão em meu sistema.

— Me desculpe — respondeu mais calmo. — Estou ficando irritado com essa situação.

— Se o senhor desejar, posso reabrir este chamado e pedir prioridade no atendimento.

— Por favor, faça isso.

— Só um momento, enquanto estou reabrindo o seu chamado.

E Luiz perdeu mais minutos na espera pela reabertura de seu chamado.

— Obrigado por aguardar. O chamado foi reaberto. Peço que o senhor aguarde o contato dentro de dois dias úteis.

— Tudo bem — respondeu desanimado.

— Agora estarei te transferindo para avaliar o meu atendimento.

Luiz ouviu a mesma mensagem robótica. Desta vez, apertou o número dois.

— Cinco, que maravilha! A Otbas agradece a sua ligação. Tenha um bom dia!

Pensou:

"Essa avaliação é mentirosa. Sempre fala que foi a nota máxima."

Luiz não desgrudou do telefone nestes dois dias. Quando faltavam poucas horas para finalizar o prazo, recebeu a ligação.

— Boa noite, meu nome é Tânia, falo da central da Otbas, posso falar com o senhor Luiz?

— Boa noite, Tânia. Fala com ele.

— O motivo do meu contato é sobre um chamado que foi aberto para esta linha. O senhor pode executar alguns procedimentos agora?

— Sim.

A atendente orientou Luiz para fazer mais de dez

procedimentos em seu celular, demorando cerca de trinta minutos. E depois de todo o esforço, nada foi resolvido. Sua internet continuava sem funcionar.

— Senhor, estarei abrindo um chamado para área técnica...

— Mas você não é da área técnica? — interrompeu-a. — Pra quê outro chamado?

— Senhor, sou da área técnica para atendimento ao cliente final. O novo chamado será para à área técnica interna. Este chamado é necessário quando não é possível resolver com os procedimentos realizados.

— Entendi.

— Aguarde um momento, por gentileza.

Esperou mais dez minutos.

— Obrigado por aguardar. O chamado foi registrado. A área técnica tem um prazo de até dez dias úteis para apresentar a solução. Aguarde um novo contato telefônico.

Suspirou e disse desanimado:

— Tudo bem.

Aquela situação era muito diferente de quando Luiz contratou seu plano de celular há alguns anos. Ele foi a uma loja da Otbas (na época, chamada de Atimo) localizada em um shopping center. O lugar era muito elegante, com celulares top de linha expostos e telas publicitárias anunciando os planos e serviços da operadora. Havia vários funcionários para atender aqueles que entravam ali.

A operadora Atimo era a mais nova operadora em funcionamento no país. Ela trouxe consigo uma proposta inovadora de atendimento ao cliente. A promessa era que o atendimento fosse ágil e sempre com resolução rápida para qualquer problema. Aparentemente, esta promessa estava sendo cumprida, havia muitos relatos de clientes nas redes sociais confirmando a qualidade do atendimento. Além disso, os clientes também elogiavam a qualidade e disponibilidade da rede da operadora. A velocidade de navegação na internet e qualidade das chamadas eram superiores às concorrentes.

Luiz decidiu testar aquela nova operadora. Ele estava insatisfeito com aquela que utilizava. Sempre havia problemas com a disponibilidade da rede. Mesmo na cidade, havia muitos pontos com sinal fraco ou praticamente inexistente. Luiz trabalhava com atendimento a domicílio, e por isso circulava por toda a cidade; ele não poderia arriscar ficar sem sinal, pois era vital para chegar a seus clientes.

Luiz foi atendido por uma jovem muito simpática. Ela lhe ofereceu vários planos de assinatura e explicou os detalhes de cada um deles. Ao contrário de outras operadoras, Luiz se sentiu confiante com aquela. Pois tudo parecia transparente e verdadeiro. Ele aderiu a um dos planos apresentados.

Nas semanas seguintes, Luiz pode comprovar que a propaganda da operadora era verídica. Ele podia usar a rede em qualquer parte da cidade, sem se preocupar com interrupções de sinal.

Durante os anos que permaneceu com aquela operadora, Luiz esteve satisfeito com a qualidade de seus serviços. A cada ano, a companhia lançava novos planos com valores menores e mais benefícios, e Luiz aderiu a estes planos.

O amor pela operadora diminuiu gradativamente após a sua aquisição por outra operadora e a mudança para o nome Otbas. A adquirente era uma das operadoras tradicionais do país, com milhões de reclamações de clientes sem solução. Luiz já esperava que a qualidade dos serviços piorasse. No começo, tudo se manteve igual, a disponibilidade da rede e o bom atendimento. Porém, após alguns meses, tudo foi de mal a pior.

A primeira decepção foi o aumento de preços, todos os planos foram reajustados em cerca de trinta por cento. Os clientes protestaram nas redes sociais, se queixaram em órgãos de defesa do consumidor, mas nada adiantou. Os novos preços foram mantidos. Luiz achou aquele aumento exagerado, mas a operadora continuava entregando um bom serviço, então, decidiu continuar como cliente.

Tempos depois, veio o segundo problema, a unificação da central de atendimento. Anteriormente, o cliente esperava menos de trinta segundos para falar com um atendente, pois a Atimo não possuía aquela gravação com uma lista interminável de opções; todas as ligações eram direcionadas diretamente aos atendentes, sem rodeios. E o mesmo atendente conseguia resolver qualquer problema, desde dúvidas sobre o plano até o suporte técnico avançado. Não havia transferências entre atendentes. Após a unificação, todos os clientes eram obrigados a ouvir aquela gravação com centenas de opções e teclar dezenas de números até conseguir ser transferido para um atendente. E quando falavam com uma pessoa, ainda podiam ser encaminhados a outro setor, que na maioria das vezes não resolvia o problema do cliente.

E como tudo que está ruim pode piorar, foram instituídos tempos de permanência mínima em todos os planos, a famosa fidelidade dos clientes. Alguns planos tinham fidelidade de até três anos e o pior, a fidelidade era compulsória. Os clientes foram fidelizados automaticamente, conforme o plano que possuíam. Houve novos protestos nas redes sociais e também nos órgãos de defesa do consumidor. Desta vez, os consumidores obtiveram a vitória, não haveriam fidelizações obrigatórias para aqueles que já eram clientes, esta seria aplicada somente aos novos clientes ou quando houvesse a adesão a um novo plano; também foi determinado que a fidelização tivesse o limite de um ano.

Completando a decepção, a qualidade do sinal e disponibilidade da rede piorou drasticamente. Os clientes não conseguiam se conectar à rede da empresa ou tinham conexão intermitente. O sinal era ruim até mesmo em bairros nobres e em grandes centros comerciais. A operadora alegou que o problema seria temporário e ocorria devido ao processo de reestruturação da infraestrutura da companhia. Após alguns meses e muitas reclamações, houve melhora na qualidade do serviço, mas não se comparava ao que era antes da venda da companhia.

Agora, Luiz era mais uma das milhões de vítimas da operadora, esperando por um atendimento que ele nem sequer sabia se iria resolver o seu problema. Ele já havia considerado mudar de companhia, mas desistiu porque as outras estavam piores do que sua atual.

Nove dias depois, Luiz recebeu outro contato da operadora.

— Bom dia, meu nome é Otávio, falo da central da Otbas, posso falar com o senhor Luiz?

— Bom dia, Otávio, sou eu.

— O motivo do meu contato é sobre um chamado que foi aberto para esta linha. Senhor, não identificamos nenhuma razão técnica para o seu problema. Peço que o senhor vá a uma de nossas lojas para uma análise do seu caso. O senhor pode fazer essa visita à loja?

— Tudo bem — disse desanimado. — Pode ser qualquer loja?

— Sim, o senhor pode ir a qualquer loja da operadora. Ao chegar à loja, o senhor deve informar o número de protocolo enviado por SMS.

— Certo.

— Em caso de dúvidas, solicite que a loja entre em contato com nossa central.

— Certo.

Luiz foi a uma loja em um shopping center e explicou sua situação. O atendente disse:

— Senhor, não oferecemos nenhum tipo de análise para os problemas de conectividade dos celulares dos clientes. Este é um problema da rede da operadora.

— Mas a operadora disse que eu deveria vir aqui! — disse exaltado. — Vocês não trabalham juntos?

— Na verdade, não trabalhamos para a operadora. Somos apenas uma loja que vende os planos da operadora. Nem mesmo temos vínculo com o sistema da empresa.

Luiz se sentiu enganado e frustrado. Ele desejava despejar uma tonelada de xingamentos naquele atendente. Mas ele se conteve, pois sabia que aquele homem era somente um funcionário de uma empresa terceirizada. Ele respirou fundo e tentou se acalmar.

— Obrigado. Vou contatar a operadora e entender o que aconteceu.

— Por nada. Senhor, devo dizer que o senhor não é o único cliente com este problema. Várias pessoas nos procuram relatando a mesma coisa.

— Meu Deus! E ninguém faz nada?

— Alguns clientes estão indo à justiça, mas os processos são demorados. Outros estão mudando de operadora. Enfim, cada um faz aquilo que pode.

— Obrigado pelas informações.

Luiz saiu da loja e ligou para a operadora. Após a espera de mais de trinta minutos, foi atendido.

— Boa noite, meu nome é Tiago, falo da central da Otbas fone, em que posso ajudar?

— Boa noite, Tiago. Fui orientado pelo suporte a ir a uma loja da operadora para analisar um problema de conexão da minha linha. Acabei de sair da loja sem receber atendimento. O atendente disse que não faz nenhum procedimento de análise aqui.

— O senhor foi a uma loja própria ou franqueada?

— Ah? — Luiz estava confuso. — O que isso significa?

— A operadora tem lojas próprias com acesso ao sistema e mais autonomia para resolver situações como esta que o senhor descreveu. As lojas franqueadas somente vendem os planos.

— Acho que era uma loja franqueada. O atendente disse que só vendia planos.

— O senhor deve ir a uma loja própria para resolver o seu problema.

— A pessoa que me orientou anteriormente não disse nada disso! — disse nervoso. — Ele só disse que eu deveria ir a uma loja. Eu ainda perguntei se era qualquer loja e ele confirmou.

— Senhor, não posso falar pelas informações prestadas por outro atendente. Neste momento, estou confirmando que sua solicitação só pode ser atendida em uma loja própria.

— E onde tem uma dessas?

— Aguarde um momento que estou verificando as informações.

Após alguns minutos de espera, o atendente retornou e informou o endereço.

— Essa loja é muito longe da minha casa! — protestou Luiz. — Não tem outra mais próxima?

— Senhor, esta é a loja mais próxima ao seu endereço.

— Mais próxima? — disse exaltado. — Vou demorar mais de uma hora pra chegar lá!

— Senhor, sinto muito pela sua situação. Mas não há outras lojas na região. O senhor irá comparecer à loja? Preciso estar agendando sua visita.

— Tudo bem. Eu vou.

— Por favor, aguarde mais um momento enquanto estou agendando sua visita.

Luiz esperou alguns minutos.

— Sua visita foi agendada. O senhor pode ir à loja amanhã em qualquer horário.

— Tudo bem. Obrigado.

— Aguarde um momento que vou te transferir para avaliar o atendimento.

Luiz desligou, ele já estava cansado de avaliações inúteis.

No dia seguinte, Luiz foi à loja, assim como havia dito, demorou mais de uma hora para chegar, pois a loja ficava em um shopping center em outra cidade. Luiz teve que atravessar duas cidades para chegar.

Assim como na primeira tentativa, Luiz explicou sua situação ao atendente.

— Senhor, por gentileza, pedimos que deixe seu celular aqui para efetuarmos alguns testes. Em dois dias, o senhor pode buscá-lo.

— Dois dias? Por que a demora?

— Estamos com grande demanda neste momento.

Luiz olhou ao redor e não havia nenhum cliente na loja. Todos os atendentes estavam navegando nas redes sociais e rindo daquilo que viam.

— Grande demanda? Tem certeza?

— Sim.

— Tudo bem. Volto em dois dias — disse desanimado.

Antes de retornar à loja, Luiz ligou e confirmou que poderia buscar seu telefone. Ele não queria arriscar ir tão longe em vão.

Chegou à loja e solicitou seu celular.

— Senhor — respondeu o atendente. — Infelizmente, o seu caso ainda não foi analisado.

— O quê? — Luiz estava exaltado. — Eu liguei e confirmei que podia vir buscar meu celular.

— Houve um engano. Era o celular de outro Luiz que estava disponível.

— Já passou o prazo que você havia dito — disse nervoso. — Quero meu celular.

— Senhor, peço desculpas. Estamos com alta...

— Alta demanda! — disse ironicamente. — É claro que vai ter alta demanda, olha esse bando de imprestáveis aqui! Todo mundo só fica no celular o dia inteiro. Alguém trabalha nessa merda de loja?

Os demais atendentes guardaram seus celulares e começaram

a fazer algo nos computadores.

— Senhor, por favor, mantenha o nível da conversa.

— E vocês mantenham o nível de profissionalismo. Eu não vou sair daqui enquanto meu telefone não estiver pronto.

Luiz sentou-se em uma cadeira.

— Não posso garantir quanto tempo vai demorar.

A respiração de Luiz estava acelerada devido ao nervosismo.

— Vai ser rápido ou uma desgraça vai acontecer nessa loja! — gritou.

Todos os atendentes se olharam com medo.

— Tudo bem, senhor. Vamos fazer o nosso melhor.

— Obrigado! — respondeu sério.

Dois atendentes foram para uma parte interna da loja e analisaram minuciosamente o celular de Luiz. Depois de uma hora, o atendente retornou.

— Senhor, efetuamos vários testes e concluímos que o problema é o seu plano. Ele é antigo e pode apresentar instabilidade na conexão. O senhor deve adquirir um novo plano, o mais parecido com o que o senhor tem custa duzentos reais.

— Duzentos reais! Tá maluco? Este plano é três vezes mais caro do que pago atualmente.

— Senhor, os valores são definidos pela operadora.

— Isso é um absurdo! — Levantou-se exaltado. — O problema é com a operadora e não comigo. Ela tem que fazer o meu plano funcionar!

— O senhor pode ligar e registrar uma reclamação.

— Reclamação? — gritou e segurou firme a cadeira. — Estou reclamando há meses e ninguém faz merda nenhuma! Estou cansado disso!

— Senhor...

— Chega desse papo de senhor. Sem desculpas. Esse problema vai ser resolvido agora.

— Não podemos fazer mais nada pelo senhor, já fizemos tudo o que estava ao nosso alcance.

— Não pode fazer mais nada? Vamos ver.

Luiz arremessou a cadeira contra uma vitrine de vidro, destruindo-a juntamente com os celulares que estavam ali.

Os atendentes se assustaram e se levantaram. Aquele que

conversava com Luiz disse:

— Senhor, se acalme. Não precisa de violência.

— Já fiquei calmo por muito tempo e não adiantou nada! — gritou. — Agora, é hora de agir.

Luiz pegou outra cadeira e destruiu outras vitrines. Ele bateu a cadeira nas telas publicitárias e as quebrou. Destruiu os computadores dos atendentes. Ele estava furioso e gritava:

— Eu não aguento mais! Alguém tem que resolver o meu problema. Isso aqui é uma pouca-vergonha!

Os atendentes saíram da loja. As pessoas que estavam no shopping foram até a loja e observaram a destruição causada por Luiz. Outras pessoas se inspiraram com a cena e o ajudaram com a destruição.

A vitrine de uma loja ao lado foi atingida e aquilo agravou a situação. As pessoas começaram a destruir e saquear aquela loja. De repente, todo o corredor entrou em anarquia. Lojas sendo destruídas e saqueadas, pessoas correndo e gritando. Outras lojas tentavam fechar as portas para se protegerem, mas o caos já havia dominado o espaço.

Os seguranças tentaram conter a confusão, mas foram agredidos e tiveram que recuar.

Durante a destruição houve um curto-circuito e um princípio de incêndio. A fumaça se espalhou pelo corredor, bloqueando a visibilidade. O alarme de incêndio disparou e foram iniciados os procedimentos de evacuação do shopping. Luiz saiu com a multidão e retornou para sua casa aliviado.

Vocês não têm coração?

Eunice chorava desconsolada, ela não sabia o que fazer naquele momento. Era uma noite fria e chuvosa; ela teria que sair de sua casa com seu filho de nove anos. Ela estava na sala conversando com algumas pessoas.

— Anda logo! Pega as suas coisas e suma daqui! — disse uma mulher de meia-idade.

— Não tenho para onde ir — protestou Eunice com choro.

— Não quero saber! — disse um homem de meia-idade. — Sai logo da nossa casa!

— Essa casa é minha — respondeu Eunice. — Eu construí.

— Mas construiu no nosso terreno. Então é nossa — respondeu a mulher, cruzando os braços.

— O que vou fazer? Para onde vou com meu milho? — O futuro incerto produzia um profundo desespero nela. Ela sentia o coração apertado e a garganta seca.

— Isso não é problema nosso! — O homem disse grosseiramente.

Eunice não conseguia entender como as pessoas podiam ser tão más e sem coração, expulsando-a no meio da noite. E o pior, essas pessoas eram de sua família.

— Vocês estão expulsando o seu neto! — disse Eunice, tentando apelar para o sentimento dos avós. — Não pensam nele?

A mulher respondeu com ar de desprezo:

— Você só arrumou este menino para tentar segurar o meu filho. Você sabia que ele poderia conseguir uma mulher muito melhor que você na hora que ele quisesse.

Essas palavras atingiram Eunice como um trem atinge um veículo em seu caminho. Se as circunstâncias fossem mais favoráveis, ela teria respondido à altura ou até pior, apelado para a violência. No entanto, este não era o momento para esse tipo de reação. Sua única preocupação era o futuro de seu filho. Ele estava em seu quarto com a porta fechada. Ele ouvia toda a discussão.

O homem se aproximou de Eunice e a empurrou em direção à porta. Ele disse agressivamente:

— Vamos ficar aqui a noite toda? Ou você vai embora?

Ela não tinha escolha, ou saía, ou seria expulsa à força.

— Estou indo embora — respondeu.

Eunice preparou uma mala com algumas roupas suas e de seu filho. As pessoas seguiram-na em todos os cômodos da casa. Eles olhavam-na com sentimento de superioridade, como se fossem policiais vigiando uma criminosa.

Eunice pegou a mala e chamou seu filho; ele havia colocado algumas roupas e brinquedos em uma mochila. Os dois saíram da casa e seguiram o caminho cimentado em meio ao quintal enlameado. Eunice segurava a mala com uma mão e na outra levava um guarda-chuva para protegê-la e proteger seu filho. Sua casa ficava no fundo do terreno, próximo dos muros vizinhos. E na parte da frente, ficava a casa da família.

Eles chegaram ao portão e a mulher gritou:

— Deixa sua chave!

Eunice abriu o portão e depois jogou as chaves no chão com violência. Ela estava muito irritada com aquela situação.

Os dois caminharam pela rua escura e deserta até chegar a uma marquise. Eunice precisava pensar em algo para aquela noite. Ela não tinha dinheiro para pagar um hotel para eles. E também não tinha nenhum familiar a quem pudesse recorrer.

"Meu Deus! Quem pode me ajudar nessa hora?" — pensou.

— Mãe, por que a agente saiu de casa agora? — perguntou o filho.

Ela se abaixou e disse olhando em seus olhos:

— Seus avós precisam da casa.

— Precisam pra quê? Eles já têm uma casa.

— Dudu, a casa não era exatamente nossa. Construí a casa no terreno deles.

— Mas isso tá errado! Eles não podem nos expulsar! — protestou e começou a chorar.

Eunice o abraçou e também chorou.

A construção daquela casa foi a realização de um sonho para Eunice. Ela veio de uma cidade do interior do estado. Na época, decidiu vir para a capital para tentar uma vida melhor, pois no interior as oportunidades eram raras.

No começo de sua jornada, Eunice morou com algumas amigas de sua cidade. Elas já estavam estabelecidas e convidaram-na para sua casa. Eunice estava receosa quanto ao sucesso de sua mudança, mas, ao mesmo tempo, sabia que era algo necessário. Ela não via muitas possibilidades naquela cidadezinha. Havia apenas uma grande indústria e somente os homens trabalhavam ali. Para as mulheres, restavam os empregos no comércio e atendimento ao público.

Além disso, Eunice via o que acontecia com a maioria das mulheres da cidade. Elas se casavam jovens, tinham filhos e se transformavam em donas de casa para o resto da vida, sempre dependendo de seus maridos para sustentá-las.

Eunice não queria repetir esta história. Ela queria ser diferente, queria ser e fazer mais. Este sentimento de mudança era acentuado pelo medo de ser como sua mãe, Francisca, que era sustentada pelo marido e sofria agressões de todos os tipos: verbais, físicas, sexuais, humilhação pública, etc. Francisca aguentava tudo calada, porque não enxergava a possibilidade de sustento para ela e seus três filhos. Eunice jurou para si mesma que nunca permitiria uma situação assim.

A jovem Eunice estava decidida a ser uma mulher independente e empoderada. Alguém no controle de todos os aspectos de sua vida. Ela veio para a capital com este pensamento e muitos sonhos. Assim como em todas as mudanças, o início não foi um mar de rosas, Eunice enfrentou muitas situações difíceis, como: preconceito por ter vindo do interior, dificuldades financeiras e outras questões que podem afetar qualquer pessoa.

Mesmo com os problemas, Eunice não desistiu de seus sonhos, ela lutou muito e venceu todos os obstáculos. Após dois anos na capital, ela já tinha um emprego estável com um bom salário. Ela podia desfrutar de uma vida confortável.

Através de amigos, Eunice conheceu Homero, seu futuro marido. Ele se mostrou um homem gentil, amável, respeitoso e companheiro. Ela sentia segurança nele e em suas palavras. Gradativamente, Homero conquistou o coração de Eunice. Ela o amava e se sentia amada.

No entanto, havia algo que perturbava a harmonia do casal, a família de Homero. Seus pais e dois irmãos nunca respeitaram Eunice; todos sempre a consideravam alguém inferior porque veio do interior. Este sentimento ficou muito claro em um almoço na casa de Homero.

Todos estavam à mesa e a mãe disse seriamente:

— Eunice, o que a sua família faz lá na sua cidade?

— Meu pai trabalha em uma indústria e minha mãe é dona de casa.

— Seu pai é supervisor, gerente ou algo assim?

— Não, ele é só um operário.

— Meu marido é supervisor de fábrica e eu tenho meu próprio negócio — disse gabando-se.

— Mãe! — interrompeu Homero. — Meu pai é um dos mais de trinta supervisores da fábrica. E a senhora trabalha em casa como costureira. Por favor, não seja tão presunçosa.

— Homero, preciso saber com qual tipo de família você quer se envolver — continuou no mesmo tom altivo.

— Quero entrar em uma família que vive a mesma coisa que vivemos anos atrás. A senhora se esquece do passado, mas vou te lembrar. Teve um tempo que meu pai ficou desempregado e só trabalhava de vez em quando. Demorou bastante tempo até que ele conseguisse um emprego de operário na fábrica, e demorou ainda mais tempo para se tornar supervisor. Agora que tudo está esclarecido, vamos mudar de assunto.

Um dos irmãos de Homero disse:

— É verdade que na sua cidade ainda não tem televisão colorida? — Gargalhou.

Ela estranhou a pergunta:

— Quem disse isso? É claro que tem televisão colorida. Lá tem as mesmas coisas que tem aqui, porém a cidade é menor.

— Meu amor — disse Homero. — Não dê atenção para meus irmãos. Eles estão cansados de visitar nossos parentes no interior. Eles sabem como é a vida fora daqui.

O pai perguntou:

— O que você faz da vida? Já tem casa própria?

Eunice ficou constrangida com a pergunta. Ela percebeu que a família de Homero era muito exigente.

— Meu Deus! — bradou Homero. — Isso aqui é um interrogatório policial? Geralmente é a família da mulher que fica assim com o homem.

— Homero — respondeu o pai. — Você precisa saber tudo sobre a moça antes de assumir qualquer compromisso mais sério.

Você deve pensar em todos os detalhes.

— Você não pode se deixar levar por um rostinho e um corpinho bonitos — completou a mãe, olhando para Eunice. — Você consegue essas coisas com qualquer uma.

Eunice se sentiu ofendida com as palavras da mãe de Homero e soltou os talheres na mesa de uma vez.

— Já chega! — disse Eunice enquanto se levantava e caminhava em direção à saída.

Homero foi atrás dela, dizendo:

— Espera, meu amor.

Ela saiu da casa e ficou na calçada em frente. Homero abraçou-a e disse:

— Meu amor, não se preocupe com eles. Nada do que disserem vai mudar o que sinto por você. Eu te amo.

— Também te amo. Mas não sou obrigada a ouvir esses desaforos. Me desculpe, mas eu não volto mais na sua casa.

— Tudo bem. Vamos superar tudo isso.

Beijaram-se intensamente.

Depois que ela foi embora, Homero voltou para a mesa e disse nervoso:

— Que palhaçada foi essa? Vocês enlouqueceram?

Os irmãos de Homero riram e sua mãe disse:

— Os dois, saiam daqui!

— Que droga! — reclamou um deles.

— Logo agora que a coisa ia ficar interessante — disse o outro.

A mãe respondeu:

— Homero. Estamos preocupados com seu futuro.

— Vocês não querem que eu tenha um futuro, pelo menos não um futuro com a Eunice.

— Homero — disse o pai. — Essa moça não parece adequada para você.

— Por que não?

— O que ela pode te oferecer? — perguntou a mãe.

— Amor, carinho, companheirismo, sinceridade, honestidade.

— Quanta besteira! — respondeu o pai. — Tá parecendo aqueles adolescentes apaixonados que vemos na televisão.

— Meu filho — disse a mãe. — Você precisa pensar no seu futuro. Você precisa de alguém que esteja no mesmo nível.

Homero sacudiu a cabeça em sinal negativo e disse:

— Não acredito que estou ouvindo isso. Somos pobres, moramos em um bairro pobre da periferia e a senhora vem com esse papo de nível? Faça-me um favor.

— Você tem que pensar...

— Mãe! — interrompeu com seriedade. — Eu não tenho que pensar em nada disso! Eu não quero ouvir nem sequer um comentário sobre a Eunice, sua família, sua cidade ou qualquer outra coisa. Se isso acontecer, podem ter certeza que saio por aquela porta e vocês nunca mais vão ter notícias minhas. Estamos entendidos?

Os pais se olharam assustados, ele nunca havia sido tão firme em sua vida.

— Sim — responderam.

— Que bom.

No dia seguinte, Homero falou com Eunice sobre a possibilidade de retornar à sua casa.

— Sem chance! Não volto lá!

— Tente fazer um esforço.

— Eu nunca me senti tão humilhada na minha vida!

— Mas meu amor. Eles são parte da minha vida. Você precisa aprender a conviver com eles.

— Eles são uma parte que está distante de mim. Conviver à distância está ótimo.

Homero insistiu por um longo tempo e Eunice aceitou uma tentativa de reaproximação em um terreno neutro.

Todos se encontraram em um restaurante e dessa vez, a conversa foi razoável, sem ofensas, insinuações, julgamentos ou questionamentos. Após mais alguns encontros em locais públicos, Eunice decidiu retornar à casa de Homero. E em todos os encontros ela foi bem recebida.

O relacionamento do casal evoluiu e decidiram se casar. Homero convenceu Eunice a construir uma casa no terreno de seus pais, pois este era extenso e dispunha de espaço para uma bela construção.

Os dois se empenharam o máximo que podiam para acelerar a construção. Eles chegavam do trabalho à noite e trabalhavam algumas horas. E os finais de semana também eram integralmente dedicados a este propósito. O esforço do casal gerou resultados, a casa ficou pronta em alguns meses. Em seguida, eles iniciaram a compra da mobília. Para Eunice, havia certo encantamento em cada detalhe daquele processo. Sempre que eles iam a alguma loja, ela olhava os móveis e imaginava como ficariam em sua casa. Ela estava maravilhada com a concretização do sonho de ter uma casa com a sua personalidade refletida em cada coisa.

Meses depois, Eunice e Homero se casaram e foram viver em sua casa nova. O início da vida de casado foi maravilhoso, a paixão e o desejo ardiam intensamente. O casal era muito harmonioso e amoroso. Eles podiam resolver qualquer situação conversando pacificamente.

Dois anos após o casamento, o casal decidiu ter um filho e Eduardo nasceu. O bebê foi motivo de grande alegria para eles e para as famílias de Eunice e Homero.

Devido aos cuidados com o bebê, Eunice ficou sem trabalhar por mais de um ano. Homero compreendia esta necessidade e apoiou a decisão de Eunice. No entanto, sua família via a situação de outra maneira e expressava seus pensamentos sempre que podiam.

Em um almoço de domingo, todos estavam na casa dos pais de Homero, sua mãe disse:

— Eunice, quando vai voltar a trabalhar?

— Volto em alguns meses, por quê?

— Acho que meu filho está sobrecarregado com a responsabilidade de sustentar a casa sozinho. É algo difícil e muito caro.

— Mãe! — disse Homero em tom de repreensão.

— O que foi? Eu disse algo errado?

— Mãe, eu e minha esposa já discutimos isso. Desde que decidimos ter um filho, conversamos sobre o tempo que ela se dedicaria somente a ele. Não estou sobrecarregado.

— Entendo que você queira ser forte neste momento, meu filho. Mas você também precisa ser realista sobre a situação. Hoje, as coisas são diferentes. A mulher não pode ficar dependendo do marido para tudo.

— Não dependo do Homero para nada! — disse Eunice firmemente. — Sempre trabalhei e guardei uma parte do meu salário. O que tenho é mais do que suficiente para ficar muito mais tempo sem trabalhar. Não fale sobre o que a senhora não sabe.

O clima ficou tenso na mesa. Cada um se concentrou em seu prato e houve um momento de silêncio.

— No meu tempo — disse a mãe de Homero. — A mulher tinha o filho e ficava parada somente durante o resguardo. Não tinha esse tanto de mordomia que tem hoje em dia.

— E no seu tempo — respondeu Eunice. — A mulher era a escrava da casa, não podia estudar e nem trabalhar fora.

— Eu nunca quis trabalhar fora! — a mãe de Homero respondeu com firmeza.

— Nunca quis ou nunca conseguiu um emprego? — disse Eunice com ironia. — Sei que a senhora não concluiu nem mesmo o ensino médio e sempre trabalhou dentro da própria casa. A senhora não conhece o mercado de trabalho e não sabe como as coisas funcionam. — falou as últimas palavras firmemente.

— Meu amor? — Homero estava surpreendido com a resposta da esposa.

— O que foi? Eu disse algo errado? Ou disse alguma mentira?

— Não. Mas não precisava ser tão dura.

— Não fui dura. Disse a verdade. Sua mãe sempre fica se fazendo de superior pra cima de mim. Estou cansada disso. Se ela realmente fosse alguém superior, eu ficaria quieta. Mas sua mãe não conquistou nem metade das coisas que já conquistei.

Eunice levantou-se da mesa e foi para sua casa com o bebê. Homero foi atrás dela.

A mãe de Homero estava ofegante devido à raiva que sentia de Eunice. Ela não tolerava nenhum tipo de questionamento do seu julgamento.

Eunice voltou a trabalhar no momento que havia planejado, e retornou para o mesmo emprego de antes da gravidez.

Agora Eunice precisava resolver sua situação o mais rápido possível. Desde o início da confusão com a família de seu marido, ela havia tentado contatá-lo, mas não obteve resposta. Homero trabalhava em uma indústria e o acesso ao telefone celular era restrito aos intervalos das refeições.

Eunice buscou em seus contatos alguém que pudesse ajudá-la.

Havia somente uma pessoa com condições financeiras para ajudá-la, sua atual chefe. Elas mantinham um bom relacionamento no trabalho e também algum nível de amizade. Eunice estava receosa de pedir esse tipo de ajuda, mas tinha mais medo de não ter onde dormir com seu filho. Ela ligou para Nilda.

— Eunice? — atendeu surpresa. — Tudo bem?

— Pelo amor de Deus! Preciso de sua ajuda. — disse desesperada e chorando.

— O que aconteceu? — Nilda respondeu preocupada. — Você está bem?

— Não sei. Esta está sendo a pior noite da minha vida.

— Onde você está?

— Na rua com meu filho.

— Na rua? Essa hora? Onde estão? O que aconteceu?

— Os parentes do meu marido me expulsaram de casa.

— Meu Deus! — respondeu espantada. — Não se preocupe, vou te ajudar. Está perto da sua casa?

— Sim, ainda estou na mesma rua.

— Vou pedir um Uber e vocês vêm para a minha casa. Vai ser

mais rápido do que ir buscar vocês.

— Muito obrigado, Nilda. Quando eu puder, eu te pago tudo.

— Para com isso! Você não tem que me pagar nada. O carro vai chegar aí em dois minutos, é um Honda Civic preto, placa JCS-0001.

O carro chegou e Eunice foi levada à casa de Nilda. Esta morava em uma grande casa na região nobre da cidade.

Nilda esperava Eunice no portão da casa, era uma mulher de meia-idade. Nilda abraçou-a e Eunice disse aos prantos:

— Obrigado, você é um anjo de Deus em minha vida.

— Vai ficar tudo bem. — Nilda tentava consolá-la.

Entraram na casa e o marido de Nilda disse:

— Eunice, sinto muito por sua situação. Vamos te ajudar com o que precisar.

— Muito obrigada, Sérgio.

O casal levou Eunice para um dos quartos, onde eles haviam preparado duas camas para eles. Ela olhou tudo, abaixou sua cabeça e passou as mãos no rosto como se não estivesse acreditando que aquilo era para ela e seu filho. Nilda a abraçou e disse:

— Espero que fiquem confortáveis.

Eunice abraçou-a apertado e disse emocionada:

— Não tenho como pagar tudo o que está fazendo por mim.

— Não se preocupe com isso. Já disse que não precisa pagar nada. Tente descansar um pouco. E amanhã, não precisa ir trabalhar. Se acalme e pense o que fará para vocês dois.

— Mas e a clínica? E os pacientes?

— Não se preocupe. Vou pedir à minha filha pra me ajudar.

— Tem certeza?

— Absoluta.

— Mais uma vez, muito obrigada.

— Descanse.

O casal saiu do quarto, e Eunice e o filho dormiram.

Homero olhou seu telefone e viu as chamadas de Eunice. Ele ligou de volta, mas ela não atendeu; o cansaço gerado pelo estresse daquela situação fez com que dormisse profundamente.

"Seja lá o que for, ela já deve ter resolvido." — Pensou Homero.

Após o término de seu turno, ele voltou para sua casa e viu que sua esposa e filho não estavam lá. Ele também notou que ela havia preparado uma mala e levado algumas coisas. Homero foi até a casa de seus pais saber o que aconteceu. Estavam na cozinha e sua mãe lhe disse:

— Ela falou que estava cansada dessa vida e precisava de um tempo para pensar.

— Ela disse isso? — perguntou Homero, surpreendido. — Ela parecia feliz.

— Você sabe como são essas mulheres modernas. Fazem as coisas sem pensar.

— Se ela está cansada dessa vida, por que levou o Dudu?

— Talvez esteja cansada de você.

— Não, mãe, ela nunca faria isso.

— Já ligou pra ela?

— Sim. Ela não atendeu.

— Te falei! — disse a mãe firmemente. — Ela não quer mais saber de você.

— Não acredito nisso. Amanhã vou tentar falar com ela de novo.

— Deixa a mulher em paz! Ela não te quer.

Percebendo a inutilidade da argumentação, Homero voltou à sua casa.

No dia seguinte, Eunice ligou para Homero pela manhã.

— Amor — atendeu Homero. — Onde você tá?

— Na casa de uma amiga, e você?

— Na nossa casa, onde eu estaria?

— Pensei que seus pais estivessem nesta casa.

— Por quê? — Homero estava surpreso.

— Eles não te contaram o que aconteceu ontem?

— Minha mãe disse que você foi embora porque precisava de um tempo para pensar.

Eunice se enfureceu ao ouvir a história de sua sogra e gritou:

— Sua mãe é uma bruxa mal-amada e sem coração!

— Meu Deus! Calma. O que aconteceu?

Eunice lhe contou todos os detalhes de sua expulsão, a humilhação, a ajuda de sua chefe, etc. Homero ficou furioso:

— Agora eles vão ver uma coisa! — disse em voz alta.

— O que você vai fazer?

— Me aguarde. Em breve, você saberá. Mas por hora, vamos resolver nossa situação. Vamos nos mudar hoje.

— Como?

— Vou dar um jeito. Lembra daquele meu amigo Gil?

— Sim.

— Ele tem uma casa disponível, vou falar com ele o que aconteceu...

Homero contou seu plano para Eunice, e ela concordou. Em seguida, Homero foi à casa de seus pais, abriu a porta da sala com violência e gritou:

— O que vocês fizeram com a Eunice ontem?

— Não fizemos nada — a mãe respondeu cinicamente.

— Claro que fizeram! — Homero continuou agressivamente. — Vocês expulsaram ela e meu filho da nossa casa! Vocês não têm coração?

— Escuta aqui! — respondeu o pai. — A casa não é de vocês, a casa é nossa, está em nosso terreno.

— E quem construiu? — perguntou Homero. — Quem trabalhou? Quem comprou tudo o que está lá? Vocês não têm nenhum direito sobre aquela casa!

— Baixe o seu tom de voz! — a mãe respondeu. — Você está falando com seus pais! Um pouco de respeito, por favor.

— Depois do que vocês fizeram ontem, vocês perderam todo o respeito e consideração que eu tinha por vocês. Eu vou sair dessa casa hoje, mas digo: isso não vai ficar assim. Vai ter troco.

Homero saiu e bateu a porta com tanta força que o vidro se quebrou.

Naquele mesmo dia, Homero e Eunice estavam preparando sua mudança. Eles haviam ligado para todas as pessoas que conheciam e muitos se dispuseram a ajudá-los. Eles conseguiram: caixas, caminhão, montadores de móveis e pessoas para carregar e descarregar. Todos trabalhavam como uma grande força-tarefa. E ao final do dia, a mudança havia sido concluída. O casal agradeceu a todos pelo esforço e dedicação.

Alguns dias depois, Homero chegou à sua antiga casa acompanhado por um homem um pouco mais jovem do que ele. Homero lhe mostrou a casa vazia.

— Essa casa é perfeita para mim! — disse o homem com

entusiasmo. — Por que está alugando tão barato?

— É porque preciso de um favor seu.

Homero explicou o que queria. O homem ficou surpreso e respondeu:

— Tem certeza que posso fazer isso?

— Claro! A casa é minha.

— Quando posso me mudar?

— Hoje mesmo, se quiser.

— Ótimo!

A família de Homero observou aquela situação com desconfiança. Eles estavam curiosos para saber o que Homero iria fazer com a casa.

No dia seguinte, o homem chegou à casa acompanhado por outros homens e com materiais para uma obra. Eles fizeram um corredor com tapumes e fecharam o acesso à casa dos fundos. A família de Homero não conseguia ver nada do que estava sendo feito na área cercada.

Os homens começaram as obras e trabalharam até a noite. Houve muito barulho, poeira, fumaça, cheiros fortes, etc. Estava insuportável ficar na casa da família de Homero. E esta rotina foi mantida por muitos dias. Todos estavam extremamente incomodados com aquilo. A mãe de Homero ligou para ele e pediu que fosse lá e conversasse com os responsáveis pela obra. Ele disse que iria falar algo, mas não podia impedir o trabalho, ele já havia concordado com aquilo.

A perturbação se estendeu por semanas e a família de Homero já estava no limite. Eles não conseguiam fazer nada devido ao barulho e a casa estava sempre muito suja.

Um dia, a mãe de Homero surtou e começou a bater nos tapumes e a gritar:

— Pelo amor de Deus! Parem com esse barulho! Eu não aguento mais!

Ela continuou batendo até que o tapume caiu. Ela olhou e viu que não havia ninguém trabalhando. Havia somente caixas de som ligadas reproduzindo o barulho e alguns ventiladores espelhando o pó em direção a sua casa. A casa que Homero morou estava fechada e tudo indicava que não havia ninguém morando ali.

A estrada da vida

Aquele engarrafamento parecia interminável e imóvel. Olhava-se para todos os lados e via-se um mar de veículos: carros, caminhões, carretas, ônibus, e as motocicletas rasgavam os corredores em alta velocidade, para elas, era como se o trânsito estivesse completamente livre.

Rômulo estava em um dos carros neste engarrafamento. Ele estava atrasado para seu trabalho, o qual odiava. Mas ele não tinha escolha, tinha que trabalhar.

Rômulo era um homem de meia-idade e sabia que as oportunidades de trabalho para sua faixa etária eram escassas, então, continuava no mesmo emprego. O Rômulo jovem nunca aceitaria este tipo de situação e possivelmente, não seria empregado de ninguém.

Em sua juventude, Rômulo era uma pessoa muito diferente. Ele tinha um espírito destemido e empreendedor. Ele sempre tentava fazer coisas novas e não tinha medo de errar.

Ele e uma jovem estavam em um parque ao entardecer.

— Meu amor — disse Rômulo com entusiasmo. — Acompanhe

este novo plano: Vamos começar como empregados regulares. Vamos economizar dinheiro e algum tempo depois, vamos ter nosso próprio negócio. Não vamos trabalhar para ninguém. Seremos nossos próprios patrões.

Ela sorriu e disse:

— E se não conseguirmos empregos e não conseguirmos economizar?

— Para com essa negatividade! Vamos conseguir! — Rômulo estava confiante. — Se não conseguirmos um emprego bom, vamos para outro. E se esse não for bom, vamos para outro. Vamos tentar até conseguir.

— Queria ter o seu otimismo.

— Você vai ter. Tenho certeza! — disse confiante.

— Como você tem tanta certeza?

— Vamos nos esforçar e tudo vai dar certo. E se não der, tentaremos de novo, e de novo, até conseguirmos.

Ela sorriu, deu-lhe um selinho e disse:

— É por isso que eu te amo.

— Só por isso? — disse sorrindo.

— Claro que não!

Beijaram-se intensamente.

O jovem casal seguiu o plano de Rômulo. No primeiro ano de trabalho, já haviam conseguido metade do valor desejado. Eles se empenharam ainda mais para atingir o objetivo. E quando estavam muito próximos, tudo mudou. Houve uma crise econômica e ambos foram demitidos. Eles usaram o dinheiro guardado para se manterem durante a crise. E com isso, o sonho do empreendimento foi adiado.

Certo dia, Rômulo chegou em casa após um dia de busca de emprego e viu sua esposa chorando no sofá. Ele se sentou ao seu lado e disse:

— O que aconteceu? — disse em tom preocupado.

— Nada! Esse é o problema! — respondeu com choro.

Rômulo compreendeu que ela estava chorando devido à frustração do adiamento do empreendimento. Abraçou-a e disse confiante:

— Meu amor, não fique assim. O que aconteceu foi somente um contratempo. Em breve, vamos realizar o nosso sonho.

— E se esse breve nunca chegar?

— É claro que vai chegar! Nós vamos vencer, acredite em mim, acredite em você mesma, Márcia.

— Estou tentando, mas está difícil.

— A vida sempre vai ser difícil; é a nossa resposta aos acontecimentos que torna tudo mais tolerável.

O engarrafamento andou um pouco e outro veículo entrou na frente de Rômulo sem utilizar as setas; Rômulo reagiu buzinando e gritando alguns palavrões para o carro. A dureza da vida havia feito Rômulo ficar duro e desacreditado de suas palavras.

Depois da crise econômica, o casal conseguiu novos empregos e eles continuaram firmes no propósito da economia para seu empreendimento. Após dois anos, eles conseguiram todo o dinheiro. O empreendimento seria finalmente iniciado.

Devido ao emprego regular, eles decidiram empreender em algo que pudesse ser feito simultaneamente. E seu primeiro negócio foi uma loja virtual de produtos de beleza. Eles iniciaram a loja em um grande *marketplace* devido à sua visibilidade, taxas e facilidades oferecidas. Além da loja virtual, eles também ofereciam seus produtos para todas as pessoas que podiam, aumentando o potencial de vendas.

Os primeiros meses apresentaram baixas vendas, mas isso já era esperado. Eles continuaram trabalhando na divulgação da loja e aumentaram a oferta de produtos. Algum tempo depois, os resultados vieram. As vendas aumentaram e o lucro já se aproximava do salário de um deles. No entanto, ainda era cedo para abandonar o emprego. Eles decidiram esperar um pouco mais até a consolidação do negócio.

Alguns meses depois, a loja virtual já lucrava o equivalente à somatória dos dois salários. O casal estava em casa conversando sobre o futuro.

— Meu amor — disse Rômulo. — Acho que um de nós deveria se dedicar integralmente ao nosso negócio.

— Você tem razão. Estamos com alta demanda e está ficando difícil conciliar as duas coisas.

— Acho que vou pedir para ser demitido. Assim, vou receber meus direitos e teremos mais dinheiro para investir.

— Quanto mais investimento, mais lucro! — respondeu

Márcia entusiasmada.

— E em breve, você também se dedicará ao nosso empreendimento.

— Não vejo a hora. Gosto do meu trabalho, do salário e dos benefícios. Mas você me ensinou a buscar algo nosso. — Ela sorriu.

— É assim que se fala. Devemos lutar e lucrar para o que é nosso.

Rômulo deixou seu emprego depois de algumas semanas e trabalhou somente em sua loja virtual. A dedicação foi recompensada com o aumento do lucro. Os meses passaram e o lucro se mantinha constante. O casal compreendeu que aquilo era algo seguro e que poderiam se manter.

Márcia também deixou seu emprego. Eles experimentaram o crescimento astronômico de suas vendas e aumento do lucro. A empresa havia crescido tanto que já não podiam trabalhar em sua casa. O empreendimento foi transferido para um galpão e alguns funcionários foram contratados. A marca do casal alcançou notoriedade no mercado e com isso ganhou a confiança de seus fornecedores. Eles compravam todas as mercadorias a prazo; tudo estava indo às mil maravilhas.

Rômulo olhou para o lado da rodovia e viu um galpão com uma placa de aluga-se; ele pensou:

"Será que este galpão tem um bom seguro?"

Após cerca de um ano do início do trabalho no galpão, Rômulo recebeu uma ligação no meio da madrugada. Ele olhou o telefone e viu que era um número desconhecido.

— Boa noite, o senhor é o proprietário de um galpão?

— Não — respondeu com voz de sono; — sou o locatário.

— Houve uma emergência no galpão. Preciso que o senhor venha imediatamente.

— O que aconteceu? — perguntou apreensivo.

— Venha, quando chegar, te explico os detalhes.

— Estarei aí em alguns minutos.

— Amor! Amor! — Rômulo chamou Márcia.

— O quê? — respondeu sonolenta.

— Aconteceu alguma coisa no galpão. Precisamos ir lá.

— Agora?

— Sim.

— Espero que não seja nenhuma besteira!

O casal trocou de roupa e foi até o local. Eles entraram na rua do galpão e viram vários caminhões de bombeiros e viaturas policiais; muitos oficiais estavam circulando por ali; aquela cena deixou o casal em pânico; e quando chegaram ao endereço do galpão, a terrível surpresa: o galpão estava queimado, as paredes pretas e já não havia telhado.

Desceram do carro e correram desesperados até a entrada. As lágrimas desceram no rosto de ambos, eles estavam vendo a destruição do seu sonho, todo o trabalho e esforço de anos foram incinerados em algumas horas. Era inacreditável que aquilo estava acontecendo.

Um bombeiro disse-lhes:

— Sinto muito pelo que aconteceu ao galpão. Parece que houve um curto-circuito e o fogo se alastrou. Tudo o que estava lá dentro foi queimado, não restou nada.

O casal ficou em choque com a última frase do bombeiro: "Não restou nada." Eles não conseguiram responder, nem reagir, nem fazer qualquer outra coisa. Márcia desmaiou e precisou de atendimento médico. Rômulo nem mesmo percebeu o que havia acontecido com sua esposa. A equipe médica o examinou e comprovou que estava em estado catatônico. Ambos foram levados a um hospital e permaneceram em observação.

No dia seguinte, Rômulo acordou e notou que não havia ninguém na enfermaria. Ele se levantou e caminhou até um corredor. Médicos, enfermeiros e pacientes corriam desesperadamente.

— O que aconteceu? — Rômulo perguntou a uma enfermeira.

— Precisamos sair daqui agora! — respondeu com agitação.

Ela puxou Rômulo pelo braço e os dois correram por um extenso corredor até chegar a um elevador. A porta se abriu e uma labareda os atingiu.

— Socorro! — Rômulo acordou gritando.

Um enfermeiro que estava na enfermaria foi até Rômulo e disse gentilmente:

— Calma, você está seguro.

Rômulo olhou ao redor e viu que havia mais pessoas no

ambiente e todos agiam normalmente.

— Onde está minha esposa?

— Ela está em outra enfermaria e está bem.

— Posso ir lá?

— Sim, eu te acompanho.

Rômulo e o enfermeiro foram até Márcia. Assim que os viu, ela se levantou e correu até seu marido. Abraçou-o e disse desesperada:

— O que vamos fazer? Perdemos tudo!

Márcia começou a chorar.

— Meu amor. — Rômulo suspirou. — Sinceramente, não sei.

Rômulo também começou a chorar.

Após sair do hospital, o casal procurou o proprietário do galpão para obter informações sobre o seguro e o pagamento do prejuízo.

Todos estavam em um escritório.

— Rômulo e Márcia — disse um homem de meia-idade. — Já comuniquei a seguradora o que aconteceu. Eles disseram que vão fazer um relatório e em até dois meses irão pagar todos os prejuízos.

— Dois meses? Isso tudo? — Márcia estava surpresa.

— Meu amor — disse Rômulo. — Este é o prazo padrão para qualquer seguro.

— Exatamente — completou o homem. — A seguradora irá avaliar o que aconteceu e depois de comprovar que o incêndio não foi por negligência, irá fazer o pagamento.

— Eles vão pagar por todo o nosso estoque? — perguntou Márcia.

— Sim — respondeu o proprietário. — Vocês poderão continuar com o trabalho.

— Espero que consigamos continuar — disse Rômulo desanimado.

Depois de alguns dias, a seguradora fez sua análise e negou o pagamento do seguro. O casal conversou novamente com o proprietário.

— Por que negaram o pagamento? — perguntou Rômulo com tom de revolta.

— Disseram que o curto-circuito que originou o incêndio foi

causado por descuido da manutenção elétrica.

— Mas isso não é verdade! — respondeu nervoso.

— Calma, meu amor — disse Márcia.

— Rômulo, eu sei que não é verdade. Alguns meses antes do incêndio, havíamos trocado toda a fiação do prédio. Tudo estava novo e em perfeitas condições.

— E agora? — perguntou Rômulo.

— Vou recorrer da decisão e apresentar todas as provas que tenho das manutenções executadas. E se não aceitarem, teremos que ir à justiça.

— E quanto tempo demora se for à justiça? — questionou Márcia.

— De seis meses até um ano.

— Não podemos ficar parados todo esse tempo! — respondeu aflita.

— Infelizmente, este é o tempo que leva.

— Vamos esperar e ver o que vai acontecer — Rômulo disse desanimado.

O proprietário recorreu da análise da seguradora e apresentou as provas que contestavam a alegação da empresa. E, novamente, o seguro foi negado. O caso foi levado à justiça e Rômulo e Márcia se viram em um beco sem saída. Eles não tinham como pagar as dívidas da empresa e se sustentarem. Para tentar amenizar a situação, eles conversaram com todos os fornecedores, explicaram o ocorrido e quais providências estavam sendo tomadas. Todos os credores concordaram com a prorrogação do prazo de pagamento devido às circunstâncias.

O casal se viu obrigado a voltar para os empregos regulares novamente enquanto não recebiam a indenização.

O processo judicial se arrastou por mais de dois anos até que foi proferida a sentença favorável ao proprietário do galpão e ao casal. E neste período, muitos credores cobraram suas dívidas judicialmente. A empresa do casal acumulava várias ações de cobrança.

A seguradora pagou a indenização a todos os envolvidos. O valor recebido pelo casal foi suficiente para pagar todos os credores, no entanto, não havia recursos para iniciarem o empreendimento novamente. E ainda que houvesse, não seria possível.

Desde o incêndio, muita coisa mudou. A marca perdeu toda a força e a reputação construídas ao longo de sua existência. Devido à interrupção nas vendas, eles voltaram a ser uma empresa desconhecida.

Certa noite, o casal estava na sala e conversava sobre o futuro.

— Meu amor — disse Márcia. — O que vamos fazer?

— Não sei. Confesso que ainda me sinto desorientado com tudo o que aconteceu nos últimos anos. Estávamos tão bem — disse como alguém que sente falta de outro tempo em sua vida.

— Podemos recomeçar tudo de novo! — disse ela com empolgação.

— Você tem forças para isso?

— Não. Mas vou fazer um esforço. E você também deveria se esforçar.

— Eu quero, mas estou cansado.

— Cansado do trabalho?

— Não, cansado dos golpes da vida.

Márcia segurou suas mãos e disse confiante:

— Onde está aquela pessoa que sempre acreditava que tudo iria dar certo? Onde está aquele homem que me ensinou a ser ousada e corajosa?

— Essa pessoa está muito ferida para continuar lutando.

— Meu amor, vamos cuidar das suas feridas juntos.

Ela o abraçou.

— Obrigado.

O congestionamento seguia lentamente e Rômulo passou em frente a uma faculdade. Havia uma placa publicitária com jovens sorrindo e a seguinte frase:

"Ajudamos as pessoas a alcançar seus sonhos."

— Que besteira! — disse Rômulo — Estudar não significa nada!

Desde o incêndio, Rômulo ficou desacreditado do mundo dos empreendimentos. De certa forma, ela havia se conformado com a condição de empregado. Ele estava gostando de ter responsabilidades limitadas e não ter que se preocupar com todos os detalhes da empresa. Rômulo gostava de seu emprego e buscou formas de evoluir. Ele começou uma faculdade relacionada à sua área de trabalho; ele desejava um cargo melhor naquela empresa.

Os estudos consumiam todo o tempo de Rômulo; ele não pensava em outras coisas a não ser seu trabalho e sua faculdade.

Márcia seguiu com o espírito empreendedor, mas dessa vez estava sozinha. Rômulo não podia ajudá-la. Apesar das dificuldades, ela não o culpou nem ficou chateada com sua decisão. Ela compreendia que seu marido estava vivendo um momento muito delicado. Márcia respeitou a decisão de Rômulo de estudar, ela percebia que ele estava feliz com este novo objetivo.

O novo empreendimento de Márcia começou discretamente assim como o anterior. Ela continuou no ramo da beleza, mas se especializou em maquiagem. Ele abriu outra loja virtual e também oferecia seus produtos às pessoas que conhecia. Gradualmente, este negócio cresceu e constituiu uma importante fonte de renda para Márcia.

Rômulo seguiu firme em seu propósito de estudar e crescer profissionalmente. Ele sempre tentava alcançar cargos mais altos na empresa, mas não conseguia porque ainda não havia concluído seu curso.

Dois anos após o início da nova loja virtual, Márcia deixou seu emprego para se dedicar ao empreendimento. Este já havia se tornado um negócio muito lucrativo. Márcia apresentou os resultados para Rômulo na esperança de que ele se interessasse. Os dois estavam em um escritório montado em um dos quartos da casa.

— Veja como os números estão maravilhosos! — disse Márcia entusiasmada. — A nova loja virtual já está caminhando muito bem.

— São interessantes — respondeu desanimado.

— Estes números poderiam ser muito maiores se você me ajudasse.

— É verdade — continuou no mesmo tom.

— Vai me ajudar?

— Não posso, estou trabalhando e estudando. Não tenho tempo para mais uma atividade.

— Você pode parar de trabalhar. O lucro atual é suficiente para vivermos tranquilamente.

Rômulo suspirou e disse com desânimo:

— Não sei se estou preparado para isso. Não sei se quero voltar a fazer isso.

— Por que não? — Estranhou Márcia.

— Meu amor, ser empregado tem algumas vantagens. Eu não tenho que ficar me preocupando o tempo todo igual você fica.

— Mas meu amor! Você trabalha para o lucro de outra pessoa, gasta um tempo considerável para ir e voltar todos os dias, pode ser demitido a qualquer momento. E sem falar que até hoje não conseguiu subir de cargo, mesmo estudando.

— Tem algumas partes ruins. Mas posso aguentar. Eu não aguentaria viver o sonho do empreendimento e ver tudo se desfazer de novo.

— É por que isso aconteceria?

— Você sabe. Tudo é muito incerto, pode acontecer um monte de coisas, as vendas podem diminuir, os clientes podem esquecer sua loja.

— As vendas podem aumentar, mais clientes podem conhecer a loja. Ninguém sabe o que pode acontecer. A única coisa que sei é que preciso fazer o meu melhor para continuar no mercado.

— Não sei. — Rômulo queria ter o otimismo de Márcia, mas não conseguia. — Vamos fazer o seguinte: vou ficar mais um tempo na empresa e vou ver como vai ser. Se nada mudar, vou trabalhar com você.

— Tudo bem, obrigada.

Rômulo continuou na empresa e mesmo depois de concluir sua faculdade, nada mudou. Ele não ascendeu profissionalmente e não foi reconhecido por seu trabalho e dedicação. Rômulo sentia que seus estudos foram uma grande perda de tempo porque não houve nenhum resultado positivo.

Rômulo chegou ao local onde o engarrafamento terminava; era uma obra da prefeitura da cidade. O trânsito seguia somente em uma das cinco faixas daquela via. No começo da obra havia uma placa de sinalização com os dizeres:

"Desculpe o transtorno. Estamos trabalhando para você."

Rômulo sorriu e disse:

— Acho que hoje deve ser primeiro de abril.

Depois da desilusão na empresa, Rômulo conversou com sua

esposa e aceitou juntar-se a ela no empreendimento. No entanto, ele não se dedicava como antes. Apesar de ser dono do negócio, ele se comportava como um funcionário. Rômulo não queria trabalhar além do horário comercial, não cuidava de nada relacionado à empresa, não se empenhava para ver o crescimento do negócio, etc. Ele sempre deixava tudo a cargo de sua esposa. Márcia sentiu-se incomodada com isso e conversou com ele no escritório do novo galpão.

— Amor — disse ela. — Preciso que você se dedique mais ao nosso negócio. Estou ficando sobrecarregada.

— Sabe o que é, são muitas coisas novas e estou me adaptando. — Rômulo tentava justificar-se.

— Preciso que se adapte mais rápido.

— Vou fazer o meu melhor — respondeu sem confiança.

— Tudo bem, obrigada.

Márcia percebeu que Rômulo falava somente da boca para fora e que ele não iria mudar seu comportamento.

Para aliviar seu trabalho e expandir sua empresa, Márcia fez sociedade com outra mulher. As duas comandavam a empresa e fizeram um trabalho excepcional. A companhia seguiu crescendo e lucrando, e Rômulo seguiu em sua vida de empregado regular.

Rômulo parou seu carro no estacionamento e entrou no galpão da companhia de Márcia para iniciar mais um dia de trabalho.

Isso aqui é uma família?

A jovem Matilda estava arrumando um quarto e viu um pequeno saco plástico com alguns comprimidos coloridos sob um móvel. Ela olhou os compridos e pensou:

"Com essa quantidade, o Fábio já deixou de ser usuário e virou traficante. Mas que diferença faz? A família é rica e pode pagar quantos advogados, delegados, juízes e qualquer pessoa que eles precisarem, é sempre assim. Os ricos não são presos."

Ela continuou arrumando o quarto da mansão da família Fortunato. Desta vez, ela agiu naturalmente ao encontrar drogas no quarto de um dos filhos dos patrões. No entanto, nem sempre ela atuou desta maneira.

Matilda havia começado a trabalhar com a família há cerca de um ano e meio. Ela veio do interior para a capital do estado. Antes do trabalho de empregada doméstica, ela já havia trabalhado em um escritório e em um restaurante. Ela foi demitida do restaurante durante uma crise econômica que afetou o país. Após a estabilização da economia, ela não conseguiu nenhum emprego relacionado às áreas anteriores.

Para não ficar sem renda, Matilda decidiu tentar a vida como diarista. Os ganhos não eram excelentes, mas eram suficientes para pagar suas contas e ter uma vida relativamente tranquila. Antes de se fixar com a família Fortunato, ela havia trabalhado alguns dias na casa. Todos gostaram muito de seus serviços, especialmente de suas habilidades como cozinheira.

Nos primeiros dias de trabalho fixo, Matilda notou que a família vivia tranquilamente. Apesar de serem muitíssimo ricos, não viu nenhum comportamento extravagante. A família tinha muitos objetos, obras de arte e carros caros. Mas, além disso, ela não viu nada que lhe causasse espanto ou surpresa.

A primeira surpresa da empregada foi precisamente com Fábio. Certa manhã, ela entrou no quarto para arrumá-lo e viu Fábio caído no chão.

— Ah, meu Deus! — gritou desesperada.

Ela correu e viu que ele estava com espuma no canto da boca.

A mãe entrou no quarto e disse assustada:

— O que aconteceu?

— Naa...ãão...see...iii... — respondeu Matilda nervosa.

— Ele está espumando?

— Si...si...sim.

— Ah! É só isso!

Matilda ficou impressionada com a frieza de Noêmia. Fábio parecia desmaiado e à beira da morte. E sua mãe tratou como se fosse algo trivial, como se ele tivesse com um espinho na mão.

Noêmia abriu a gaveta de um móvel e pegou uma seringa. Abaixou-se e aplicou-a no braço de Fábio.

— Eu falo para ele não exagerar, mas ele não me ouve! — disse em tom nervoso.

Após alguns instantes, Fábio voltou a si um pouco atordoado. Olhou ao redor e viu sua mãe com a seringa na mão.

— Dessa vez a culpa não foi minha! — disse subitamente.

— Foi de quem? — respondeu Noêmia ironicamente. — Foi minha? Fui eu que enfiei um monte de comprimido na sua boca?

Fábio se sentou no chão, passou as mãos na cabeça e disse:

— Tenho que parar de aceitar comprimidos de qualquer um. Só tem porcaria nessas festas.

— Você tem que parar com esse negócio de comprimidos! —

disse Noêmia em tom de repreensão. — É tudo porcaria! Por que você não pode só fumar maconha como qualquer pessoa normal? Por que fica indo nessa onda de coisas sintéticas?

Matilda estava boquiaberta com o nível da conversa entre mãe e filho. Eles conversavam sobre o consumo de drogas como se estivesse falando de marcas de água mineral.

Fábio levantou-se e disse:

— Relaxa, mãe. — Fábio pegou a seringa e disse: — Enquanto meu pai conseguir isso aqui, tá tudo bem.

— Para de brincar com coisa séria! — repreendeu Noêmia. — Isso daqui não é dipirona e não é tão fácil de conseguir. E você quer usar como se fosse água. Daqui pouco não vai nem mais fazer efeito.

— Tá bom, mãe. Não precisa desse discurso — respondeu desanimado.

— Agora, vai dar um jeito nessa sua cara de ressaca e vai trabalhar!

Fábio foi para o banheiro de seu quarto. Noêmia notou Matilda e disse calmamente:

— Matilda, limpe o quarto depois que ele terminar de se arrumar.

— Sim, senhora.

— E, por favor, não comente isso com ninguém. As pessoas podem ter uma impressão errada sobre o que está acontecendo.

— Minha boca é um túmulo.

— Obrigado pela descrição. É só uma fase. Logo, ele vai aprender.

— Com certeza.

Matilda saiu do quarto e continuou suas tarefas no quarto da outra filha do casal, Naiara. Ela também surpreendeu Matilda há algum tempo.

— Matilda! — disse Naiara. — Vem aqui no meu quarto.

— Estou indo! — respondeu.

Matilda foi até o quarto de Naiara e disse:

— A senhora precisa de alguma coisa?

Naiara riu e disse:

— Já falei que não precisa me chamar de senhora. Só tenho vinte e poucos.

— Mas a senhora é minha patroa.

— Pode me chamar de você ou direto pelo meu nome.

— Tudo bem, Naiara. Precisa de alguma coisa.

— Na verdade, não. Aqui, você quer um celular? Comprei outro e quero te dar esse meu antigo. — Naiara estava com o celular nas mãos.

Matilda observou o aparelho e disse:

— Ele parece tão novo.

— E tá novo. Comprei ano passado. Mas como saiu o modelo deste ano, não posso ficar desatualizada. Mas não se preocupe com este daqui. Está funcionando perfeitamente!

— Muito obrigada.

Naiara entregou o celular para Matilda e disse:

— Ano que vem talvez você ganhe outro. — Naiara sorriu.

— Estarei esperando. — Matilda também sorriu.

Depois de alguns dias de uso, Matilda notou que a memória do celular estava ficando cheia. Ela estranhou, pois não armazenava muitos arquivos. Em sua casa, ela pesquisou na internet como verificar os arquivos na memória. Ela seguiu os procedimentos e *voilá*! A memória do telefone estava sendo ocupada com os arquivos de Naiara. Antes de dar o telefone para Matilda, a garota não exclui as configurações de sincronização de seus dados. Os arquivos estavam sendo carregados em ambos os celulares, o novo e o antigo.

Matilda pensou:

— Vamos ver o que ele faz com seu celular.

Matilda olhou as fotos e vídeos, e disse espantada:

— Ah, meu Deus! O quê que essa menina tá fazendo?

Ela ficou impressionada com o conteúdo. Havia fotos de Naiara segurando armas de fogo com outras pessoas. E tudo indicava que não eram autoridades ou pessoas autorizadas a portar armas. Em algumas das fotos, Naiara vestia roupas muito diferentes das que vestia em sua casa. E até seu cabelo tinha um penteado diferente.

— Ela parece outra pessoa — disse Matilda.

Ela seguiu explorando os arquivos e viu um vídeo que a deixou sem palavras.

No vídeo, Naiara estava em um tipo de palco dançando funk com um short curtíssimo. E a plateia ovacionava a sua apresentação.

— Essa menina deve ter dupla personalidade! — disse Matilda.

— Essa daqui não é a mesma Naiara que eu conheço.

Matilda continuou explorando os arquivos e a coisa só piorava.

No dia seguinte, Matilda foi ao quarto de Naiara.

— Naiara, podemos conversar? — perguntou em tom constrangido.

— O que foi?

Matilda olhou ao redor e fechou a porta do quarto. Ela tirou o celular do bolso de seu uniforme e disse sussurrando:

— Me desculpe, ontem, eu vi uma coisa que não deveria.

— O quê? — Naiara também disse sussurrando.

— A memória do telefone estava cheia, pesquisei para saber como resolver e descobri que seus dados ainda estão sincronizados. Olhei seus arquivos para saber se podia excluir e vi umas coisas.

— Ah! — disse em tom normal. — Agora eu entendi porque fechou a porta e o sussurro.

— Me perdoe! — exclamou tristemente. — Eu invadi sua

privacidade.

— Deixa de ser boba! Você não viu nada de mais!

— An? — Matilda estranhou a naturalidade de Naiara. — E aquelas fotos com aquelas pessoas? E a dança?

— Matilda, Matilda, Matilda! — disse em tom de brincadeira.
— Você é muito ingênua!

— Por quê?

— Vou te mostrar e você vai entender.

Naiara pegou seu celular e abriu uma rede social. Ela mostrou seu perfil para Matilda. Este era chamado: "A patricinha do funk". O perfil tinha fotos e vídeos de Naiara dançando em diferentes apresentações.

— Pera aí, Naiara! Então todo mundo sabe? Seus pais sabem?

— É claro! Você acha que hoje em dia tem como esconder alguma coisa de alguém? Vivemos na era das redes sociais.

— E sobre as outras fotos? Com aquelas pessoas e as... Você sabe.

— Eles sabem que tenho contato com muitas pessoas, mas eles não sabem todos os detalhes da minha vida pessoal.

— Entendi.

— Você não olhou tudo, olhou? — disse Naiara em tom de preocupação.

— Não.

— Ainda bem! — disse aliviada. — Se você visse um vídeo antigo, tava uma galera no quarto e a coisa esquentou.

— Naiara! — disse em tom repreensivo.

— Brincadeirinha! — Naiara riu.

Matilda entregou o celular para Naiara e ela alterou as configurações, o processo de sincronização de dados foi interrompido.

A empregada seguiu com suas tarefas do dia. Durante o trabalho, ela pensava:

"Essas pessoas fazem cada coisa absurda. Quem não conhece, pensa que são uma família tradicional, conservadora e tudo mais. Mas quem conhece, hum! Sabe que são tudo menos conservadores e tradicionais."

Ao final do dia, Matilda estava indo embora e passou pelo jardim da casa. Este ficava em uma parte isolada do terreno, era cercado por uma parede de arbustos e era preciso passar por um portão para acessá-lo. O local estava abandonado havia alguns meses. As plantas estavam morrendo, havia vasos e terra espelhados, e muitas folhas secas no chão.

Quando Matilda começou a trabalhar na casa, o jardim era completamente diferente. Era um ambiente maravilhoso e impecável. Todas as plantas estavam exuberantes e o ambiente sempre estava limpo. O lugar era um refúgio para qualquer um relaxar e se conectar com a natureza.

Havia um empregado responsável pelo paisagismo e jardinagem da casa, Luan. Um jovem com mais ou menos a mesma idade de Matilda. Ele era encarregado da organização do ambiente e do cuidado com as plantas.

Todas às vezes que Luan ia para a casa, Matilda e Naiara ficavam próximas a ele. Luan era um homem bonito, simpático e com corpo atlético. As duas sempre tentavam conversar mais com ele para demonstrar seu interesse. Mas apesar da beleza de ambas, Luan sempre recusava as investidas. Ele ignorava as indiretas recebidas e fingia não entender o que elas queriam dizer.

Luan trabalhava sem camisa no jardim e as duas olhavam-no do segundo andar da casa.

— Meu Deus! — disse Naiara. — Olha esse homem!

— Ele é um espetáculo! — disse Matilda, suspirando.

— Matilda, ela já mostrou algum interesse em você?

— Não. E em você?

— Também não.

— Naiara, será que ele não gosta de mulher?

— Não sei. Será? — disse Naiara, surpreendida.

— Parece que não gosta. Você é linda e ele nem liga.

— Para com isso, Matilda! Você também é uma mulher maravilhosa. Quando está sem uniforme, chama a atenção. Talvez até poderia dançar comigo.

— Não. Agradeço o convite. Prefiro trabalhar vestindo um uniforme. — Matilda sorriu.

— Você que sabe.

As duas continuaram admirando o físico de Luan enquanto ele trabalhava.

Dias depois, Luan trabalhava no jardim e Matilda o observava no segundo andar. Ela pensava:

"Quem me dera se ele me desse uma chance."

Noêmia entrou no jardim e assim que passou por Luan, ele parou o que estava fazendo e ficou observando o corpo de Noêmia. Ela era uma mulher madura, muito bonita e atraente. Qualquer homem, jovem ou mais velho, notaria sua beleza. Noêmia começou a trabalhar no jardim.

Matilda pensou:

— Então é isso! Ele gosta de coroa!

Ela continuou observando e em certo momento, Luan passou próximo à Noêmia e ela apertou seu bumbum.

— O quê!? — Matilda estava surpresa.

Luan sorriu, olhou para os lados e deu um tapa no bumbum dela.

— Mentira! — Matilda estava ainda mais espantada.

Os dois começaram a conversar e sorriam. Matilda pensava no que diziam:

"Não devia fazer isso na sua casa."

“Me desculpe, mas não posso esperar!”

“E se a sua família ver alguma coisa?”

“Não tem ninguém em casa, só minha empregada. Ela já viu coisa pior. Não se preocupe com isso.”

“E que tal se formos para o depósito de ferramentas.”

“Ótima ideia!”

— Tá olhando o quê? — disse Naiara. — O Luan tá sem camisa de novo.

Matilda engoliu seco e se virou assustada.

— Não tô olhando nada! Estou só limpando! — Ela tentava disfarçar.

— Não tenta me enganar! Você não limpa com essa concentração.

Naiara se aproximou da janela e viu a cena da conversa.

— Não sabia que minha mãe gostava de jardinagem — disse surpresa.

— Nem eu! — Matilda também fingiu surpresa. — Estava olhando isso.

Naiara observou os gestos de ambos e disse desconfiada.

— Isso parece mais que uma conversa sobre jardinagem.

— Claro que não! Eles estão só falando sobre plantas.

— Matilda, não seja ingênua! Vamos ver onde vai dar essa conversa.

A garota puxou Matilda e as duas ficaram abaixadas na janela. Elas podiam ver os dois no jardim, mas eles não podiam vê-las.

Noêmia e Luan continuaram com a conversa descontraída. Em alguns momentos, ambos se tocavam enquanto falavam.

— Minha mãe não presta! — exclamou em tom nervoso.

— Naiara! — respondeu Matilda em tom repreensivo. — Não diga isso, ela é sua mãe.

— É exatamente por isso que digo isso!

Luan e Noêmia olharam para os lados e depois, se beijaram intensamente. Esta cena enfureceu Naiara. Ela desceu as escadas correndo e insultando sua mãe:

— Essa mulher é uma pervertida! Uma vagabunda! Não pode ver um homem bonito que dá em cima!

Matilda estava atrás tentando impedi-la:

— Calma, Naiara. Não fale isso da sua mãe.

Naiara empurrou o portão do jardim com toda a sua força e assustou sua mãe e Luan.

— Bandida! — bradou para a mãe. — Sem vergonha! Vadia!

— Naiara! — repreendeu Noêmia. — Me respeite! Sou sua mãe.

— Mas se comporta pior que uma desconhecida! — gritou Naiara. — Seu cretino! — gritou dirigindo-se para Luan. — É por isso que nunca me deu atenção!

— Ah! — disse Noêmia ironicamente. — Então é por isso que está toda magoadinha. Não conseguiu o homem e agora quer descontar em mim. — Noêmia disse em tom sério. — Isso aqui é a vida real! É a selva! Está cheio de predadoras. Quem for mais forte, marca seu território.

Naiara estava ofegante devido ao nervosismo. Ela desejava avançar contra sua mãe, mas ainda tinha o mínimo de respeito. Ela pegou os vasos de plantas e começou a lançá-los contra o chão e as paredes.

— Eu te odeio! — bradava enquanto lançava os vasos. — Você não merece ser chamada de mãe! Você não merece ter meu pai.

Os vasos se partiam espalhando plantas e terra por todos os lados. Todos ficaram muito assustados com o comportamento de Naiara, especialmente Matilda.

Matilda agarrou os braços de Naiara e disse seriamente:

— Vamos sair daqui. Não vale a pena.

Naiara se acalmou um pouco e começou a chorar. Elas saíram do jardim e Matilda consolou a garota como podia.

Aquele foi o último dia que o jardim foi cuidado.

Certa manhã, Matilda trabalhava como de costume. Tudo na casa seguia a mesma rotina. Fábio dormia, Naiara não estava em casa, Noêmia lia um livro, e seu marido, Antônio, estava no trabalho.

Por volta das onze da manhã, Antônio chegou em casa apressadamente. Ele correu para seu escritório sem falar com ninguém. Ele parecia preocupado com algo. Antônio procurava alguma coisa nos armários, gavetas, e em todos os lugares.

Matilda notou a aflição do patrão, foi até ele e disse:

— Senhor, posso ajudar em algo?

— Não! — gritou nervosamente.

Matilda estava saindo da sala e Antônio disse em tom mais calmo:

— Me desculpe, Matilda. Você viu um caderninho verde de capa dura?

Ela pensou por um instante e disse:

— Não.

— Imaginei.

Os dois ouviram um barulho de sirenes se aproximando. Matilda estranhou:

— Nunca tinha ouvido sirenes neste bairro. O que será que aconteceu?

— Meu Deus! — respondeu preocupado. — Eles estão chegando.

Ele caminhava e passava as mãos na cabeça, como se não acreditasse no que estava acontecendo.

As sirenes pararam em frente à casa da família. Noêmia foi até o escritório e disse nervosa:

— Antônio! O que você fez?

— Querida — disse em tom amável, — tudo o que fiz foi por

nós.

— O que você fez? — perguntou nervosa.

— Juro que não queria! — respondeu como alguém arrependido. — Mas não tive escolha.

— Deixa pra lá. Nem quero saber o que foi.

A campainha tocou e alguém bateu no portão. Matilda estava saindo para atender.

— Não abra a porta! — bradou Antônio.

Matilda se assustou e disse:

— Senhor, por que não?

— Eles vão me levar!

— Por quê?

— É complicado.

— Não é complicado! — disse Noêmia. — Meu marido deve estar envolvido em alguma fraude empresarial ou coisa assim.

— Meu Deus! — Matilda disse surpresa.

A campainha e as batidas no portão pararam. Houve um momento de silêncio e de repente, vários policiais com roupas pretas entraram na casa gritando:

— Antônio Fortunato! Mãos na cabeça! Não se mexa!

Antônio colocou as mãos na cabeça e foi algemado. Os policiais começaram a vasculhar o escritório e encontraram o caderno que ele havia procurado. O chefe da operação disse:

— Estava tentando esconder isso daqui! — disse sacudindo o caderno.

— Não.

O policial sorriu e disse:

— Mesmo que tivesse escondido, você não tem escapatória. Todo mundo já te dedurou. Já temos provas para te tirar de circulação por um longo tempo.

— Mas eu...

— É melhor ficar calado! — interrompeu o policial. — Se não, você pode se complicar ainda mais.

Matilda assistia tudo com uma mistura de medo e tristeza. E Noêmia observava tudo com naturalidade. Ela não estava chateada com o que o marido havia feito, estava chateada porque ele estava sendo preso. E isso significaria exposição pública e possivelmente a perda do patrimônio da família.

Sobre o autor

Rafael Henrique dos Santos Lima

Graduado em Processos Gerenciais e M.B.A. em Gestão Estratégica de Projetos pelo Centro Universitário UNA. Cristão pela Graça de Deus. Apaixonado pela escrita (português, espanhol e inglês), poeta e romancista.

Contatos

rafael50001@hotmail.com

rafaelhsts@gmail.com

Blog: escritorrafaellima.blogspot.com

Agradecimento

Os sites abaixo contêm muitas informações úteis para a escrita deste livro.

Bing AI

Google Docs

Language Tool

Agradeço ao site Pixabay e ao autor OpenClipart-Vectors pela imagem base da capa.

Agradecimento especial

Agradeço a Deus. Ele me deu a inteligência para escrever o livro.